U0036317

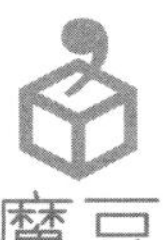
魔豆

魔豆

The Legend of Sun Knight

# 吾命騎士

## 騎士每日例行任務

vol. 2

御我——著

J.U.——插畫

# 吾命騎士

vol. 2

目錄

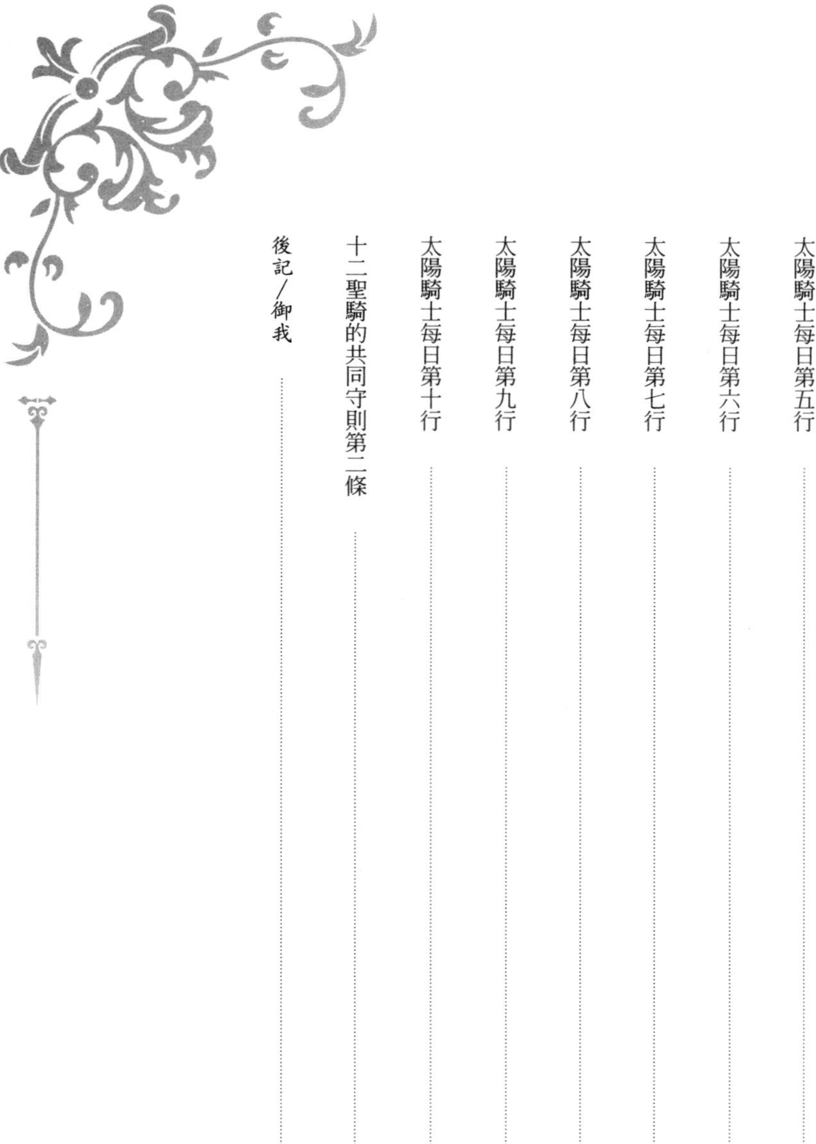

# 楔子 這，就是我們的隊長

我的名字是亞戴爾，在昨天之前都還是一個普通的聖騎士，不過從今天開始就不是了，現在，我是直屬於太陽騎士的太陽小隊成員！

雖然我的直屬上司現在還不是正式的太陽騎士，因爲他和我的年紀相當，目前僅僅十八歲，而歷任太陽騎士大多是在二十歲才會正式接下太陽騎士的職位。

「亞戴爾、亞戴爾！他來了！」

幾名聖騎士從外頭衝進來，他們和我一樣都是太陽小隊的成員，幾個人的臉上充滿著興奮，或許還有一些慌亂，雖然從小被教導身爲聖騎士應該保持沉穩溫和的態度，不過現在我們要見的人可是未來的太陽騎士啊！

太陽騎士，光明神殿中率領十二聖騎士的領袖騎士，同時是我們要直接聽令的隊長，這教我們怎麼能夠冷靜得了？

雖然怎樣都無法冷靜下來，但我們可不敢在太陽騎士面前失禮，一得到訊息，僅僅不到十秒鐘的時間，二十五個未來太陽小隊的聖騎士就排成整齊劃一的隊伍，既緊張又興奮地等待太陽騎士走進來。

首先走進來的人是現任的太陽騎士，我們早已多次在神殿的典禮或者週日的頌讚上見過這一位。

每次見到這位太陽騎士，我就忍不住讚歎他的優雅氣度，甚至可以說自己之所以會想要成爲太陽小隊的成員，有很大原因就是因爲仰慕這位太陽騎士。

只可惜，我太晚出生了，來不及加入他的太陽小隊。

平時，太陽騎士一開口總是先頌讚光明神，但今天他卻沒有多說話，只是帶著輕鬆的笑容走進來，然後就直接往旁邊讓開一步，這時，我才看見他的後方還有人。

難道是……

我瞪大雙眼，連眨都不敢眨一下，門口的人正站在一片光芒中，雖然背對著陽光、看不清長相，但陽光照在他的金髮上，讓那些髮絲看起來甚至比黃金更閃耀。

這頭金髮燦爛得宛如傳說中初代太陽騎士的光輝！我心中不免激動起來，或許自己將要跟隨的太陽騎士，比仰慕的那一位更加完美？

這時，他往前走了幾步，露出臉孔和身形，如黃金般閃耀的頭髮、一雙藍眸像大海一樣深邃，肌膚白皙若雪，笑容燦爛得像是天空中的太陽，舉止就像是王子般優雅——光明神啊！我怎麼好像市井小民在敘述傳說中的太陽騎士？

這樣說或許有些怪異，因爲他就是未來的太陽騎士，但、但是這和「傳說中的太陽騎士」未免太過相符了！

哪怕是現任的太陽騎士，多少都和傳說有所出入，但是眼前的這一位卻完全和傳說一模一樣！

未來的太陽騎士帶著笑容，用他那雙深邃的藍眼一一看過我們，最後帶著欣慰的笑容發出感嘆，開口說：「啊！一定是光明神的仁慈將各位弟兄帶到格里西亞的面前，讓彼此成爲更加緊密依靠的兄弟，攜手爲光明神的子民帶來更美好的未來。」

聞言，我激動得簡直不能自已，忍不住左右看了看，發現所有的太陽小隊成員都和我一樣激動。

大家忍不住抬高下巴挺起胸膛，驕傲地在心中喊：

「這，就是我們要跟隨的太陽騎士。」

# 太陽騎士每日第一行

「吃早餐！」

「太陽騎士長、太陽騎士長！」

唔……

我翻了翻身，順便把頭埋進枕頭下面，這下總該聽不見什麼什麼長了吧？

「太陽騎士長！」

不對，還是聽得見。我緩緩地把頭從枕頭下拔出來，更緩慢地坐起身來，雖然已經張開眼睛，眼前卻還是一片模糊，根本沒辦法聚焦，由此可以推斷現在一定不是我平常起床的時間！

哪個混蛋傢伙居然敢來吵我睡覺？

我用比平常低了八個音階的聲音喊：「敢問門外的聖騎士兄弟是否收到光明神的啟發，所以前來敲響太陽的門，以便互相交流光明神的仁愛？」

外頭傳來鬆一口氣的聲音，然後又急忙地催促：「太陽騎士長！我是亞戴爾，您忘記今天是週日了嗎？」

「週日……是假日！」我倒到床上，拉起棉被，將自己包住，三個動作一氣呵成。

「不是呀！太陽騎士長，今天輪到您去主持頌讚了，您不記得了嗎？隊長、隊長……」

半夢半醒中，叫喊的聲音慢慢地小了下去，這讓人很滿意，雖然我可以在一片混亂中蒙頭大睡，但沒人吵的話，當然會睡得更好。既然今天是週日，那就睡到中午再起來吃午飯就好……了……

砰！

我從床上跳起來，什麼？什麼？到底發生什麼事情？

「審判騎士長，請不要這麼無禮！」

我轉頭一看，正好看見審判騎士走進來後把房門重重摔上，還險些砸中亞戴爾的鼻子。

眞不是我要說，這個亞戴爾就是不識相，居然敢那樣對審判說話，連我都不敢用那種語氣對審判說話呀！

「你的副隊長還是這麼不知變通，在門外叫不醒你，卻又不肯進門來叫。」房門一關，審判冷酷的表情就緩和下來，他輕嘆口氣，搖頭道：「那種個性的人當副隊長，難怪你的太陽小隊一天到晚都在惹事生非，三天前，他們圍毆傑蘭伯爵的三子，這件事情把伯爵氣得半死，還告到大王子那裡去了。」

「喔，那件事情也讓我很頭痛呢！」我無奈地說：「可是沒辦法，你也知道亞戴爾就是那種死硬派的個性嘛！」

審判的沉黑眼睛有意無意地掃過我，說：「不過，這件事情倒讓我覺得有些奇怪，傑蘭伯爵的三子是一名很正統的騎士，應該不會做出什麼惡事來激怒太陽小隊，雖然他在之前的死亡騎士事件中，是負責棄屍的人，那也只是奉國王之命行事而已，倒是與他自身的意願無關。」

我攤了攤手，露出滿臉不明白：「那我就不知道了，或許他踩了亞戴爾一腳也說不定吧？你知道，我很少管太陽小隊的事情，都交給亞戴爾了呀！」

聞言，審判皺了皺眉頭，最後還是沒說什麼，只淡淡地提醒：「打過就算了，讓他們別再找傑蘭伯爵三子的麻煩，否則大王子殿下也很爲難。」

我乖乖地應下：「知道了，我會叮嚀他們的。」

但審判不知爲何還是看著我，提醒：「你也該準備了，頌讚再三十分鐘開始。」

我愣了一愣，頌讚——啊！難道這個週日輪到我主持頌讚了嗎？

每個週日，光明神殿都會舉行讚美光明神的「頌讚」，內容不外乎是由祭司來唸上一長串光明神的仁愛，說說初代十二聖騎士的事蹟，然後大家感謝光明神、唱唱頌歌，最後也是最重要的事情，要大家捐捐錢——咳！

總之，十二聖騎士會輪流出席頌讚，而這週應該是輪到我了。

審判看到我的驚嚇表情，明白我總算是清醒了，這才繼續說：「既然你知道了，那就快些準備，還有三十分鐘，應該綽綽有餘——」

「什麼？只剩三十分鐘？」我尖叫了起來：「三十分鐘哪夠梳頭髮、敷面膜、燒熱水燙衣服，還要把鞋子擦得亮晶晶，還有……」

去。

審判的表情扭曲了一下，說了句「既然這麼忙，我就不打擾你了」後，他就飛快地離

我猜他跑得這麼快的原因，八成是因爲上一次我正在實驗一種綠色的面膜，他正巧走進我房間，而我那時正靜靜坐在黑暗的床角等著面膜乾，結果嚇得他立刻拔出劍來，差點就直接把我劈成兩半了。

眞是的，怕什麼呢？因爲綠色面膜，害我差點被劈成兩半，在那之後，我就只敷粉紅色的了。

說到面膜，幸好昨晚新調好一盆面膜粉，只要加點水就行了，不然絕對不可能在三十分鐘內搞定這些事情，現在應該先去燒水，洗臉，一邊敷面膜，一邊用左手梳頭髮、右手擦鞋子，等水燒開就可以用熱水壺燙衣服。

整個過程迅速又俐落，連一個多餘的動作都沒有，我的老師以前常說，要是我的劍術也能這樣就好了。

在時間剩下僅僅三分鐘的時候，我終於把自己上上下下都打理好，優雅而緩慢地打開房門，亞戴爾就站在外頭等我。

「早安，亞戴爾。」我微笑著開口招呼：「願光明神照耀於你。」

「早安，太陽騎士長。」亞戴爾立刻對我恭敬地行禮。

我做了個手勢，示意他可以出發了。

「太陽聽說，你們對傑蘭伯爵的三子施加暴力，是嗎？」

一邊走，我一邊露出哀傷的眼神，嘆息道：「暴力不是仁慈的光明神會樂意看見的行爲。」

亞戴爾十分激動地回應：「但當初在刑場小屋時，他刺中您一劍，讓您身受重傷，這簡直是罪不可赦——」

「亞戴爾！」

我打斷他的話，用著斥責的語氣說：「光明神殷殷教誨我們，不管罪人犯下多麼嚴重的罪，是再不可饒恕的惡人，只要對方願意懺悔，我們就必須秉持仁慈包容的心去原諒對方、接納對方，這才是光明神的仁慈之道，你明白嗎？亞戴爾。」

「明白！」亞戴爾點頭，低聲喃喃：「我會打到他懺悔爲止！」

我優雅地嘆息了一聲，搖頭說：「亞戴爾啊！你還是不明白，太陽小隊必須以光明神的仁慈來行事，不能隨意對他人施加暴力。」

「明白。」亞戴爾再次點了點頭，然後低聲喃喃：「我們會先把布袋套到他頭上，讓他不知道是太陽小隊打的！」

亞戴爾啊亞戴爾，你怎麼這麼聰明呢？眞不愧是我親自選出來的副隊長。我十分滿意地點了點頭。

前面不遠處就是大頌讚堂，我停下腳步，轉頭對亞戴爾笑說：「在光明神的注視之下，祂的慈愛灑滿大地，相信藍莓一定生長茂盛，小麥欣欣向榮，就是牛奶也會甜膩如蜜吧！感謝光明神賜予人民溫飽。」

亞戴爾恭敬地回答：「是，我先去為您準備早餐，塗上藍莓果醬的三明治和牛奶，也許您會喜歡再來點蜂蜜餅乾？」

我非常滿意地點點頭，然後目送亞戴爾去準備早餐，他走到一半，遇到其他太陽小隊的聖騎士時，還停下來對他們吩咐說：「去把上次那個臭騎士給我蓋布袋，揍到就算他想要懺悔都張不開嘴！」

啊！連我都無法把自己的意思用這麼簡單的話就完整表達出來。

亞戴爾啊！有個像你這樣的副隊長，身為隊長的我還有什麼可求的呢？也許只求一份藍莓三明治和牛奶，起床後高效率忙碌半小時，肚子真的好餓！

嗯，是不是應該要先吃個早餐，再去主持頌讚呢？反正這頌讚雖然表面上是由我主持，但實際上，我就是個裝飾品，真正主持頌讚的人其實是光明殿的祭司。

「唷！這不是我們最燦爛最光明的太陽騎士嗎？怎麼還不進去，站在這兒當擋路的柱子，嘖！還是會發光的柱子呢，閃亮亮的好好看喔！」

這種說話法……我愣了愣，轉頭一看，果然是殘酷冰塊組的刃金騎士長。

「全大陸的人都知道」，刃金騎士長出了名地毒舌，說話不氣死人不償命，只要和他說上十分鐘的話，就會活活被氣到短命一年。

雖然我每次都搞不清楚刃金說的話到底是哪裡毒舌了，有時候甚至覺得他在稱讚我，像剛剛那最後一句「閃亮亮的好好看」，這種話眞的能毒到人短命？

好歹要說，你的頭黃得好像青蛙大便，你確定沒把青蛙大便當成髮油塗在頭上嗎？難怪我老是覺得你身上有股怪味，仔細一聞，就是從你頭上發出來的嘛！

這才叫作毒舌！

所以，我深深地懷疑，刃金的本性一定不毒舌，不過眞實的狀況，因爲跟他不夠熟，所以並不太知道，即使問審判，他卻不知道爲什麼不想多說，而審判不願意說的事情，恐怕只有光明神才能讓他說出來了。

在刃金身後還有另一個殘酷冰塊組的騎士長，這一個我就熟悉多了，他是孤月騎士長，全大陸都知道的自閉——咳！我的意思是，孤月騎士是出了名地孤芳自賞，有高傲的性格，不輕易與常人親近，而且總是把下巴抬得高高的，一副目中無人的樣子。

這個動作讓我一開始認識孤月的時候還眞的滿討厭這傢伙，畢竟沒人會喜歡被人用由上往下的鄙視角度看吧！

直到某一天，我看到他蹲在地上，雙手在地板摸來摸去，似乎在找東西，但是他的頭卻又抬得高高的，根本沒在看地面，這怎麼能找到東西呢？

明明是個長眼的人，卻一副瞎子摸象的模樣在找東西，東西就在他的腳邊，他卻怎麼也找不到，這場景說有多好笑就有多好笑！

看了半小時後，我笑也笑夠了，看也看累了，偷偷打個大哈欠，走過去把一個精美的銀製書籤撿起來遞還給他。

「謝謝。」他接過書籤後，露出鬆了口氣的表情，一反平常的高傲神情，露出甜滋滋的笑容。

我則一邊咬著寒冰剛剛砸給我的藍莓派，一邊隨口問：「情人給的定情信物嗎？」

「你怎麼會知道？」

孤月吃驚地扭頭看向我，看到是我卻愣了一下，看這表情，我敢保證他剛才接過書籤的時候，根本不知道是我，也就是太陽騎士遞給他的。

真面目被我戳穿，他似乎有點不知所措，結結巴巴地說：「太、太陽騎士長……」

我隨手從懷中掏出另一塊派，問他：「寒冰做的藍莓派，要吃嗎？別客氣，我也給了審判一個。」

「……謝謝。」

然後，他就邊吃藍莓派邊跟我抱怨，因爲常常抬高下巴，導致他的脖子肌肉硬化，最後只要一低頭就會扭到脖子！

不能低頭有多悲慘呢？

孤月遙望著天……花板，深深地嘆了口氣，開始描述自己不能低頭的慘狀。

「如果東西掉到地上，那找半小時都不一定找得到。」

我點了點頭，這個剛剛才親眼見證過，如果不是我在這，他還不知道要找多久。

也不能利用身高優勢，低頭偷看女祭司的乳溝——咳！

最悲慘的是，他想親吻情人的時候也沒辦法低頭啊！抬著頭怎麼親得到比自己矮的女朋友啊！

居然親不了女朋友！我滿心同情地問：「那你要怎麼辦？找樓梯讓情人站高點嗎？」

「總不能每次都找樓梯吧，而且樓梯都在有人會經過的地方，不夠隱密。」孤月老實地說：「所以，我只好找一個比我還高的情人了。」

「喂！你有一百八吧？」

「我的情人有一百八十二公分，她每次出來跟我約會時，都會穿上十公分高的鞋子，這樣她正好可以低頭親我。」

好、好悲慘啊！

孤月不能低頭的遭遇讓人嘆了口氣，基於禮尚往來的原則，我也開始敘述身為太陽騎士的悲慘遭遇。

「太陽騎士只能愛神不能愛女人——」

我才剛說一句，孤月馬上露出驚嚇的表情，連連痛呼：「慘！好慘！眞是太慘了！」

幹！

♣♣♣

總之，從那時開始，我在殘酷冰塊組中，又多了一個不是朋友的好朋友。

回到現下，我對刃金騎士微笑，說道：「這一定是光明神的祝福，讓太陽在如此美好的早晨遇見兩位弟兄，這眞是一天最好的開始，只遺憾太陽必須去主持頌讚，不能與兩位弟兄多加交流，實在讓太陽惋惜不已，待太陽頌讚光明神的美好後，必定尋找兩位弟兄，互相交流光明神的仁愛。」

當然，如果找不到你們就不關我的事了。

聞言，刃金騎士和孤月騎士看起來都是一愣，刃金更是驚訝得連自己要毒舌都忘了，脫口而出：「太陽騎士長，難道你不知道今天是新王登基前的頌讚嗎？」

孤月騎士則由上往下看，用超鄙視人的角度看著我，不過這不能怪他，對一個不能低頭的人來說，他也只能這樣看人。

他補充說：「十二聖騎士都要到齊，連我都得來了。」

新王登基前的頌讚？我怎麼不知道有這回事啊！

「早安，太陽騎士長。」

三人正面面相覷的時候，暴風騎士一派輕鬆地走過來，還拍拍我的肩頭說：「今天的頌讚獨唱要辛苦你了。」

我緩緩地轉頭看他，一字一字地問：「頌、讚、獨、唱？」

「……」

暴風緩緩地把放在我肩頭上的手收回去，又緩緩地踏一步拉開距離，這才奇怪地問：「是呀！照慣例，新王登基，十二聖騎士必須合唱一首頌讚，你和審判騎士長還要各自獨唱一首頌讚，而且你不是挑了最難唱的光明神曲嗎？大家都非常期待呢！因爲這首曲子已經有二十多年沒在頌讚出現過了。」

光明神曲？就是那首音調高得可以直達光明神的住所，還足足要唱上三十分鐘，歌詞長得活像一本書，號稱光明神殿廢話最多的頌讚曲？

一定有人陷害我！

這時，暴風看我微笑僵硬、嘴角抽搐的樣子，應該明白光明神曲不是我自己選的了，他踏近一步，靠在我耳邊小聲說：「聽王宮的女僕傳言，傑蘭伯爵在他的兒子被太陽小隊圍毆的事情後，一直想找機會偷偷報復你，大王子似乎沒怎麼阻止他，大約也想讓你出個糗，免得你在民眾之間的聲望太高。」

原來如此，我就說嘛！

傑蘭伯爵怎麼可能只是和大王子哭訴一下就算了，還有大王子，他應該或多或少都明白在死亡騎士的整個案件中，我在裡頭搞鬼的成分不少。

雖然我搞的鬼讓大王子登上王位，他應該不至於會報復，不過我就連國王都敢陷害的事情八成讓他不安了，畢竟他可是即將登基的國王啊！

暴風提議道：「你還是換首頌讚吧，他們應該也只是想讓你臨時換歌，出點小糗，不是眞的想讓你唱這首歌，若是歌唱壞了，把頌讚搞砸，大王子他們也不會高興。」

表面上，我仍然帶著溫暖的微笑，但心底卻冷笑了一聲。

要我出糗？

開什麼玩笑，我可是太陽騎士！就連跌倒也必須跌得非常優雅，怎麼能夠出糗！要是被我的老師知道我居然在全國民眾面前出了糗，那下場光用想像的就會讓我顫抖啊！

誰知道那個到處搶人飯碗的老師現在到底在哪個鬼地方，說不定就在外頭觀眾席上等著看我唱那首他從沒唱過的頌讚啊！

越想越有可能……不行！必須得唱，不能讓老師失望！

「暴風兄弟，在光明神的祝福之下，太陽相信自己一定能完成光明神曲頌讚，以榮耀光明神的仁慈與博愛。」

「太陽，你別亂來！」

暴風的臉色一變，急忙說：「光明神曲不是沒經練習就能唱的歌，而且頌讚還是要加上聖光去唱的歌曲，就是祭司都不一定經得起足足三十分鐘的聖光消耗——不！你還得先和十二聖騎士合唱一首頌讚，大合唱也得唱上十分鐘左右，對聖騎士來說，這根本不可能！」

我當然明白這點，所謂的「頌讚」，其實就是把聖光的力量加入歌唱中，藉此達到各種不同的目的。

激揚的歌曲可以激勵人；戰歌可以讓士兵力量倍增；安眠曲可以讓人放鬆；輕快的歌可以讓人感到愉快。

我曾經聽說眞正的頌讚家甚至可以只用歌曲就讓罪犯俯首懺悔。

當然，眞正的頌讚家已經變成傳說中的人物了，是不是眞的能讓罪犯伏法也沒人能證實，所以想讓罪犯懺悔，最快的方法還是送進審判騎士的審判所，包准在三小時之內，他就連小時候偷摘隔壁鄰居芭樂的罪行都懺悔完了。

什麼？你覺得，將罪犯交給我的太陽小隊應該也有用？兄弟，你這就錯了啊，如果交給我的太陽小隊，那根本不是要讓對方懺悔，是要讓對方沒辦法懺悔啊！

解釋完頌讚歌曲的意義，大家應該明白，頌讚不只是普通的唱歌這麼簡單了，更是一種聖光能力的比拚！

合唱十分鐘再加上三十分鐘的獨唱，一共四十分鐘的聖光消耗嗎？我計算了一下，雖然這消耗是有點大，一個聖騎士絕對撐不過去，不過放到一個有可能成為史上最強教皇的聖騎士身上，完全沒有問題！

這時，暴風還想勸我換頌讚曲，但突來一陣急促的腳步聲，綠葉騎士急急地從大頌讚堂走出來，一見我們就在廳外，他一愣，連忙開口提醒：「太陽，你們怎麼還在外頭？快進來吧，大家都在等了。」

「感謝綠葉兄弟的提醒，太陽相信這勢必是光明神藉兄弟之口來提醒太陽，不準時是錯誤的舉止。」

說完，我就率先走進去。

大頌讚堂是光明神殿最巨大的建築物，整體呈現扇形空間，尖端自然是最重要的大禮台，禮台後方的牆面由玻璃鑲嵌而成，彩色玻璃鑲嵌出巨大的光明神標誌，當陽光從玻璃穿透進來，就會讓禮台成爲整座大頌讚堂中最明亮的地方。

禮台前方是多達幾十排的座位，如果是平常的週日頌讚，這些座位已足夠讓民眾參與頌讚的時候都有位子可坐，但今日是新王登基的大場面，前半場的位子幾乎都讓貴族們坐走，接下來是一些有錢人家，早早就安排僕役前來佔位。

最後才輪到一般民眾，但這時已經沒有剩下多少位子可坐，他們幾乎都是站在最後頭的空地處，擠得滿滿當當，一路延伸到大門外。

我第一眼就看見大王子殿下，也就是即將登基的國王陛下，他正坐在第一排的正中央，左右則是諸位大臣和最重要的貴族成員，傑蘭伯爵的爵位雖不是最高，但因得到大王子的重用，所以也坐在這一排，座位的邊緣則各站著兩名皇家騎士。

教皇一如往常坐在禮台邊緣的位子，而且還神神祕祕地用薄紗遮蓋住上半身。

禮台上，審判騎士已經站在禮台中間略靠左方的位置，其他殘酷冰塊組的聖騎士則一個接一個排在他的左邊。

作爲太陽騎士，我的位置理所當然在禮台中間靠右，與審判騎士隔著三人寬的空隙，正好不會遮住身後的光明神標誌。

我邁著優雅的步伐走到正確位置上，暴風走到我的右手邊站定位，綠葉緊接著站在暴風的右邊，就這麼依序排列下去。

十二聖騎士都站定位，我們的後方兩側是負責合聲的祭司群，前面則是負責主持典禮流程的光明祭司，但光明祭司可不是一個人，而是兩個人，分別是光祭司和明祭司，他們是教皇的左右手，在光明殿中，地位僅次於教皇。

按照慣例，光祭司一向是女性，專長是各種治療和輔助神術；明祭司則是男性，擅長驅靈滅魔，各種升天去見光明神的神術。

看現場的狀況，以及大王子殿下嘴角上揚的弧度略低，我們眞的遲到了，但光明祭司都沒多說什麼，甚至沒讓我先簡單說上幾百句開場白，竟然就這麼直接宣布大合唱開始。

一名聖騎士走上台發歌詞本，當他走下台後，後頭一名祭司立刻起了個長音，緊接著是祭司群的合聲，他們會「啦啊啊」地啊上三分鐘，然後才輪到我們十二聖騎士開口。

開頭的這首合唱頌讚沒有什麼難度，每年慶祝光明神降臨之日時，都會舉行一次大頌讚，十二聖騎士在大頌讚中都會合唱這首歌，我自從接過太陽騎士的位子後，已經唱過三次，可以說駕輕就熟。

也因爲是十二個人一起唱，那就更加沒有問題了，就算有人的歌聲超難聽，頂多唱小聲一點讓其他人的聲音蓋過去就好，或者是聖光能力比較弱，唱頌讚的時候放不出多少聖光，那也可以讓其他人補足。

其實，殘酷冰塊組的主修能力本來就不是聖光，所以他們的聖光能力比較弱，通常都由溫暖好人派的聖騎士來補上不足的量。

十二聖騎士很熟悉這首頌讚，所以順利把這首頌讚唱完了，接下來是審判騎士的獨唱時間，他往前走了幾步，然後用他的超重低音開始唱歌，整首歌的音調低得會讓人的心一路往下沉。

幸好，審判總是挑簡單又短的頌讚曲，這些曲子的內容主要都是說犯罪會被嚴厲的光明神懲罰，整首曲子就算加上祭司合聲，也不過五分鐘時間，實際由審判獨唱的時間可能不到兩分鐘。

不過這可不是他偷懶，剛才已經說過殘酷冰塊組並不主修聖光能力，聖光能力本來就不強，所以他們被默認可以挑最簡單的頌讚曲。

但身爲溫暖好人派的首領騎士，我可就不被允許挑太簡單的曲子，尤其這是國王登基前的頌讚，如果選擇太簡單的頌讚曲，甚至有可能被視爲是對國王的藐視。

這也是我不換頌讚曲的原因之一，如果眞的唱了光明神曲，大王子殿下應該會很滿意，不會再爲之前的事情而找我麻煩吧？

我可不是因爲怕出糗被我的老師發現，而被送去見光明神，所以才唱這首頌讚，絕對不是這個原因——至少不完全是這個原因！

審判唱完頌讚，往後退到原來的位置，現在是我的時間了，才剛跨上前一步，民眾就開始歡呼起來，而且叫得比以前更熱烈，看來他們早就得知我要唱光明神曲了。

難怪今天來的人滿到溢出頌讚堂大門，還以爲是因爲國王終於要下台，全民高興到一個個衝來見證新王登基，歡送舊王滾蛋。

這樣看來，太陽騎士今天要唱那首二十年沒人唱的光明神曲，這消息大概只有我不知道而已。

光明神曲的開頭沒有祭司幫忙，完全得由我自己起音。

我深呼吸一口氣，確定體內的聖光量多到可以唱完兩首光明神曲，既然如此，那就乾脆多用一點聖光吸引眾人的目光，這樣就算唱到走音也沒有人會注意到吧？

我閉上雙眼，將大量的聖光釋放出來，多得渾身都散發出光芒，聽見周圍傳來驚歎的聲音。

張開眼，開口唱出第一句：

光明現世，破開黑暗，射下一絲光芒，帶來無窮希望……

歌聲響徹雲霄，整個大頌讚堂繚繞著歌聲與聖光，彷彿光明神眞的現世了，頓時，眾人一片寂靜，只是抬頭仰望著我。

完了！

一出聲，我就知道自己完蛋了，沒練習果然不行，一開始起音就起得太高，光明神曲的音調本來就不低，而中間又有不少必須飆高音的地方，一開始就起音起得這麼高，等一下要怎麼唱上去啊！

這時，我聽見後方的十二聖騎士傳來驚歎聲，他們都曾經在頌讚課練習過光明神曲，雖然只是走走過場裝個樣子，這首歌實在不是聖騎士有辦法唱的歌曲，所以他們當然知道這首歌的音調有多高。

不知是誰低聲說：「第一句唱得眞是棒透了，我服了你！居然敢起這麼高的音。」

佩服什麼？我又不是故意起音起得這麼高，自己都快哭了呀！

對別的聖騎士來說，這首歌最困難的點是要使用超出聖騎士能力所及的聖光量，但是對我來說，大量聖光不是問題，問題是這首歌本來就很難唱啊！

除了音調高，光明神曲的歌詞還很長，有好幾句甚至都讓人唱到快斷氣，才能唱到換氣的地方。

糟糕，接下來的這句歌詞，尾音拖得超級長，氣不夠會唱不完啊！

不得已，我把雙手優雅地放在肚皮上，然後用力給他壓下去，拚命把氣壓出來，我壓、我壓、我壓、我壓——

飢餓、疾病、災荒、邪惡～～在光明照耀之下消失無蹤～～蹤（我壓）～～（我繼續壓）～蹤（超級用力一壓）～蹤！

「蹤」於完了，我雙眼含淚地閉上嘴，眞是光明神保佑，總算安然無恙地唱完……第一段。

雖然唱最後一個「蹤」字的時候，快壓不出氣來，尾音實在抖得有夠厲害，不過管不了那麼多，接下來有接近三分鐘的祭司合聲，我還是抓緊時間休息。

心情一放鬆，壓在肚子上的雙手也跟著放鬆下來，這時才發現——我好餓啊！

起床後沒吃早餐，用半小時極速做完平常要花費兩小時的保養，我本來就餓了，剛剛又用盡全力唱歌，還死命壓肚子，現在一放開就更餓了，肚子空得好像幾天沒吃飯似地。

這時，台下呆住的眾人終於反應過來，大頌讚堂響起震天的掌聲，連祭司們的合聲都被壓過去了。

眾人紛紛歡呼：

「眞是神蹟啊！這歌聲太美妙了，想不到太陽騎士居然是個歌聲如此優美的男高音。」

「你們看呀！太陽騎士的眼中還帶著淚水，他一定是在歌曲中感受到神的存在！」

「最後的抖音抖得簡直完美極了，充分把歌詞中的激動心情表達出來！」

這時，後方的綠葉低聲說：「太陽，剛才唱得眞好，不過你還可以繼續唱下去嗎？要不要我接手？」

聞言，我大喜過望，綠葉你眞是個好人！

我正想跟綠葉回說「換手馬上換手」時，暴風卻說了句「不行」。

他低聲解釋：「光明神曲中間那段是最長的，將近二十分鐘，持續二十分鐘的聖光消耗太大，十二聖騎士中也只有太陽你撐得過去，你先唱完中間這段，我和綠葉再幫你唱最後一段。」

聽到暴風的解釋，連好人綠葉都後退一步。

這時，我的視線往後飄到大地騎士身上，十二聖騎士除了我，聖光最強的人就是大地了，畢竟他的絕招「大地之盾」就是鬥氣再加上聖光的盾牌，所以才有那麼強的保護能力，如果是他的話，二十分鐘絕對沒問題。

「對、對不起，太陽，我的聲音太低了，沒有辦法唱光明神曲，呵呵呵。」

大地騎士一臉誠懇地道歉，但他的眼神卻充滿幸災樂禍，根本沒有半點歉意！

雖然大地說的是實話，他的低嗓音只略遜審判騎士一籌而已，根本沒辦法唱光明神曲這麼高音調的歌，更何況我又自作孽不可活，起音起得太高，間接讓大地更不可能接手唱，不過看見他一臉幸災樂禍的樣子，我就滿肚子不爽啊！

這時，我目光飄到最前排的大王子殿下和傑蘭伯爵兩人身上，雖然前者一如往常保持微笑，但我敏銳地發現他嘴角上升的弧度比平常多，肯定跟大地一樣在幸災樂禍，而傑蘭伯爵的臉臭得像大便，還死瞪著我，似乎不敢相信我居然真的會唱這首頌讚。

一定是這兩個傢伙！

害得我在不知情的情況之下要唱光明神曲這麼難的歌，那也就算了，更讓人火大的是，居然還害我餓著肚子唱！

難道他們不知道，我餓肚子的時候，體內糖分就會過低，可以把糖當飯吃的我一旦體內糖分過低，心情就會超級不爽，我的心情如果不爽，會做出什麼事情來，就連我自己都不知道啊！

「我要唱完。」

「什麼？」

聽到我說的話後，暴風和綠葉愣了一愣，連其他十二聖騎士都忍不住看過來，個個帶著不一樣的眼神，有的是敬佩、有的是不以爲然，但最多的是擔憂。

正好，三分鐘合聲的時間到了，我沒再理會暴風和綠葉著急的低聲叫喚，深深吸了一口氣後，開始唱第二段。

罪人啊，低頭懺悔吧，

哪怕躲藏在黑暗之中，

罪行終將逃不過審判，

善民啊，抬頭仰望吧，

只要太陽仍普照大地，

善行始終能贏得神應……

之前的第一段讓我差點唱到斷氣，現在的第二段就好得多，雖然這段號稱聖騎士殺手，足足要消耗近二十分鐘的聖光，所以幾乎沒有聖騎士能夠唱完它，但除此之外，歌曲本身倒是不難唱，對於聖光多到要溢出來的我來說，這一段根本就不是問題。

但我倒是有另一個難處——就是這一段實在太平淡啦！

第一段的難度太高，我光是要把歌唱好就耗盡精力，哪還有時間去想肚子餓不餓的問題，一直到唱完才感覺餓。

現在第二段歌詞這麼平淡，一點緊張感都沒有，這讓我一直感覺到肚子空蕩蕩，餓到讓我覺得自己可以唱得這麼宏亮，說不定是因爲空空的肚子有回音功能？

我像老牛拖車般慢悠悠地唱完第二段，這次一唱完就立刻響起掌聲，只是遠不如第一段的掌聲熱烈，但這不能怪民眾，畢竟在睡眼朦朧之際還能記得鼓掌已經不容易了。

接下來，又是三分鐘的合唱，讓我可以再次休息。

「太陽，你眞的不要我們接手？」後頭的綠葉再次低聲詢問，語氣已經十分著急了。

這次連暴風都跟著勸說：「不要逞強啊！你已經使出這麼大量的聖光，最後一段還得一口氣爆發出壓過後面祭司群的聖光，比前面更難呀！」

聖光才不是問題，真正的問題是我超級餓啊！

第三段的音調超高且歌詞超長，聖光用量也高，可以說是整首光明神曲中最難唱的部分，也是二十多年來沒人唱的主因，所以，只要開口唱第三段，我一定得全神貫注在唱歌上，然後就可以短暫忘記飢餓的滋味，所以一定要唱！

「暴風兄弟、綠葉兄弟，請相信太陽在光明神的祝福之下，一定能完成光明神曲。」

我說完後，後方再也沒有傳來勸阻的聲音。

三分鐘的合聲也差不多完畢了，光明神曲的最後一段正式展開，開頭第一句音調高亢，而且聲音必須非常宏亮，象徵光明劃破黑暗——順便把聽第二段聽到睡著的民眾嚇醒。

我開口唱完第一句就知道這個開場開得不錯，不少站得東倒西歪的民眾瞬間立正站好，看他們的表情應該是被嚇得不輕，神智完全清醒過來了。

在我唱得正起勁、想順便洋洋得意地藐視一下傑蘭伯爵時，卻看見那傢伙轉過頭去，對著角落眨眼，那個角落只站著一個貌不驚人的騎士，我想傑蘭伯爵應該不是對他拋媚眼。

那名騎士收到傑蘭伯爵的眼神後，立刻點頭應下，然後從懷裡抽出一只卷軸，用陰險的眼神瞪向禮台，幸虧我只是用眼尾偷瞄，還及時收回視線，要不然都能和他對上眼。

如果傑蘭伯爵不是要陰我，那我格里西亞四個字就從此倒過來唸！

那名騎士拿出來的卷軸應該是「魔法卷軸」，就是魔法師將自己的魔法用魔力抄寫到特殊的紙上，再製成卷軸後販賣。

魔法卷軸可以施放一次性魔法，至於施放的魔法種類自然是看魔法師抄了什麼東西在上面，這種卷軸一施放完魔法後，立刻變成廢紙一張。

由於魔法師中會抄寫魔法卷軸的人本就不多，卷軸要用的特殊紙張和墨水又貴得嚇人，昂貴的成本不但直接反應在售價上，而且還有加很多倍的趨勢，因此，魔法卷軸是一種非常昂貴的消耗品。

這麼貴的東西肯定是傑蘭伯爵交給那騎士，就爲了用來陰我，眞是浪費的行爲！

你不如直接把買卷軸的錢交給我，說不定我會冒著被我的老師看見的危險，直接出一次糗給你看啊！

乾脆先一步阻止那傢伙，將那卷還沒有變廢紙的卷軸撈過來當作是我的精神賠償費，就這麼辦！

我提起十二萬分精神，一邊唱頌讚，一邊用眼尾注意那名騎士，直到歌曲都快唱完了，那傢伙終於有動作，他反手握住卷軸方便拋擲，卻遲遲沒出手，似乎是在等待什麼。

我思索了一下。好傢伙！他肯定是要等我唱到最後一句，在唱完之前出手，讓我將聖光消耗殆盡，累得要死最終卻沒有完成光明神曲。

眞夠陰險！不愧是傑蘭伯爵派來做齷齪事的騎士。

不過，就算你再齷齪，有我這麼齷齪——咳！我是說，你再聰明，有我這麼聰明嗎？想到就要入手一個魔法卷軸，退休金能增加一大筆，我連唱歌都忍不住拉高音調和音量啊！

就剩最後一句了，我的魔法卷軸，等我啊！

頌～讚～光～明～～

唱到這一句開頭的瞬間，我放出大量的聖光，白光像是風暴般席捲整座頌讚堂，甚至從窗口和大門溢出去。

所有人都滿眼聖光、全成瞎子，但我可不是，我能夠清楚透過聖光看見那騎士原本已經打算出手，卻被突如其來的聖光弄成睜眼瞎，震驚之下當然無法丟出卷軸。

就是現在！趁大家看不清楚的時候，用麻痺術弄倒那個想偷襲我的傢伙。

唸麻痺術的咒語唸到一半，我卻感到突來的一陣頭暈目眩，別說唸咒，連腿都軟了，險些摔倒時，有人扶了我一把，我抬眼一看，只看見一抹黑漆漆的背影朝著禮台下方衝過去，方向正是那名騎士站的地方。

肯定是審判！在這麼亮的聖光中，他絕對看不見任何東西，唯一還有視力的人可能只有教皇那老頭，但審判居然還能夠先扶我一把，然後毫無偏差地往那個騎士衝過去，這功力實在讓人歎為觀止！

聖光持續約十秒鐘才漸漸散去，這時，現場所有人都呆愣地望著我，我保持肅穆的表情，只用眼角餘光去瞄那個想偷襲我的騎士，他這時已經慘兮兮地倒在地上，嘴裡還插著那只魔法卷軸，而那名把卷軸插進他嘴裡的始作俑者卻已經氣定神閒地站在我背後。

審判啊，你爲什麼不把卷軸順手帶回來，插在那傢伙的嘴裡多浪費啊！

哀悼了一下卷軸後，我偷瞄傑蘭伯爵，後者見到頌讚完滿結束，立刻生氣地扭頭看那名站在角落的騎士，看見自家騎士慘兮兮的下場後，讓他嚇得臉色發白。

見狀，我心中冷笑。就憑一個小小的齷齪騎士也想暗算我？傑蘭伯爵，你也太小看十二聖騎士之首的齷齪——聰明了吧！

「僅以此曲獻給即將登基的國王陛下，相信忘響國在您的統治之下，必得光明神的祝福，成就偉大的盛世。」

致意完，我優雅地對大王子行禮，然後緩緩地退回十二聖騎士的行列之中。

聞言，大王子露出非常滿意的笑容，甚至鼓起掌喝彩：「好一首光明神曲，果眞不愧是最完美的太陽騎士。」

這時，現場的人彷彿終於驚醒過來，來自民眾、貴族，以及光明神殿的歡呼聲不絕於耳，不斷喊著「太陽騎士」、「國王陛下萬歲」和「頌讚光明神」。

對對！快多喊一點「國王陛下萬歲」，讓大王子殿下更爽一點。

我拚命在心中吶喊，順便偷瞄一下大王子的表情，嘿！他的笑容都快比我的太陽騎士笑容還燦爛了。

果然人就是愛面子，給足大王子臉面後，就算我整過他老爸，他還不是照樣說我完美。

由於歡呼聲太熱烈，主持頌讚的光明祭司花上好一段時間才讓現場安靜下來，接著他們宣布下一個節目，也就是「新王視察」。

簡單來說，就是國王要去遊街示眾，告訴民眾這人就是未來的國王陛下了，以後要長眼點，別不小心衝撞到微服出巡的陛下。

大王子率先站起身，即將登基的國王都站著了，其他人哪裡還敢坐著不動，連忙跟著起立，兩側的皇家騎士立刻先一步去開路，大王子一行人浩浩蕩蕩地離開大頌讚堂。

接著，輪到教皇離開，不過那老頭向來愛搞神祕，總是用薄紗罩著自己，誰知道坐在位子上的人究竟是不是他，說不定那根本就是替身，眞正的教皇老頭早就跑去吃早餐了也說不一定啊！

然後輪到我們十二聖騎士退場，身爲十二聖騎之首，我當然走第一個領導隊伍，在經過審判身邊時，我低聲快速地說：「剛才謝啦！」

對方目不斜視，只微微點了下頭。

走下禮台，確定老師就算在場也絕對看不見我後，我才忍不住晃了一晃，差點就非常不優雅地跟地板做全身性接觸了，幸好，後面的暴風和綠葉見我不對勁，立刻上前一左一右地攙扶我。

「太陽你沒事吧？」綠葉著急地低聲詢問。

我虛弱無比地說：「我……」

快餓死了！

「消耗這麼多聖光，怎麼樣也不會沒事。」暴風著急地低聲說：「綠葉你別多問了，好好撐住太陽就是。」

「好、好。」綠葉連忙點頭。

等等，站在小門旁的那個人是——亞戴爾！

我突然瞄到自己的副隊長正站在小門旁，手上拿著一個盤子，放著藍莓三明治和牛奶，但他的神色很是猶豫，似乎不知該不該進來。

見狀，我努力掙扎，想擺脫綠葉和暴風，衝去把親愛的早餐放在它該到的地方——我那拚命咕嚕叫的肚子。

「不用叫你的副隊長了，我們扶你就好，別擔心，今天我和綠葉就當你的枴杖吧！」

暴風立刻抓緊我，還對亞戴爾揮手，叫他不用過來了，亞戴爾偷瞄著我，一時不敢離開，卻也不敢貿然過來，僵在原地不知如何是好。

「遊街要開始了，我們快走吧，不能讓大王子殿下等第二次。」

暴風急急地說完，就和綠葉一起拖著我走。

不不不！你們放開我啊！

我真的好餓啊！亞戴爾，快把我的藍莓三明治、我的牛奶，和我的蜂蜜餅乾拿來！

暴風、綠葉，你們放開我啊！

亞戴爾～～我的早餐！

# 太陽騎士每日第二行

「微笑、揮手、神殿會走路的人形招牌。」

頌讚完畢後，照慣例，未來的國王要去遊行城內一圈，十二聖騎士則要在後面當跟屁蟲，表達神殿對新王的支持。

暴風和綠葉將我扶上馬後，兩人各自乘上他們的馬匹，騎在我的後方，當然，烈火等其他溫暖好人派的聖騎士也都跟在後頭。

唯一與我並騎的十二聖騎士是審判騎士，其他殘酷冰塊組的聖騎士則跟在他後面。

前方則是大王子殿下，也就是未來的國王陛下，他的左右方是他最親信的皇家騎士，緊跟在後就是我和審判騎士。

剛才光明神曲起的作用不小，沿途的民眾熱情得好似光明神眞的降臨了，道路兩旁擠滿人，個個大聲歡呼到我耳朵都快炸開了。

在我記憶中，好像只有幾年前一個非常著名的馬戲團來巡迴演出時，民眾才有這麼瘋狂的景象，至於國王陛下出巡嘛，不變成果菜市場就不錯了。

記得那隻肥豬王上次出巡時，正好是番茄盛產期，結果那次跟他出巡的皇家騎士從此再也不吃番茄，這也是他不得騎士心的其中一個原因，要是多陪這位國王出巡幾次，那以後都不用吃蔬果了。

遊行剛出發沒多久，審判已經用眼尾看我好幾次，在旁人眼中應該像是他不停狠瞪我，不過我很清楚那是擔心的眼神，八成是因爲實在太餓了，導致我的臉色蒼白，而我本來就已經很白，再白一點就跟麵粉沒兩樣，看起來就算立刻倒下死了都不奇怪吧。

審判騎士騎馬姿勢筆挺，目不斜視，周圍氣壓低沉，露出生人勿近、死人立斬的凜凜威風，但嘴裡卻不斷關心地低聲問我：「還好吧？」

「不好！我好餓，快餓死了，我要吃藍莓三明治，要啃蜂蜜餅乾，還要喝牛奶。」

我帶著微笑對周圍民眾招手，同時嘴裡不停碎碎唸，反正現在這麼吵，他們也聽不見我在說什麼，八成以爲太陽騎士又在唸叨光明神的仁慈。

「……」

審判的嘴角抖了抖，看起來是快要笑出來了，幸好，他裝酷十幾年的功力和我裝笑十幾年的功力不相上下，硬是把嘴角壓下去，看起來反而變成心情超不好的表情，但嘴上仍舊在安慰我：「忍耐一下，等會就可以吃東西了。」

忍耐一下？我想想，以現在這種比散步快一點的速度，要繞完整座城大約需要……一整天！

開什麼玩笑，繞到一半，我肯定就餓到一頭從馬上栽下來啦！

太陽騎士騎馬騎到摔馬，那還算騎士嗎？雖然我的騎術是頗爛——是不算太好！但至少不能摔馬！

想當初，我老師是這麼告誡我的。

「孩子，身為一個聖騎士，你學不好劍術——沒有關係！至少你的自我療傷能力很好，被敵人砍個幾刀也死不了。」

那年，我十三歲，跟我的老師學了足足三年的劍術，其他十二小聖騎士都已經通過劍術中級鑑定，審判甚至早在一年前就通過高級鑑定，只有我連考三次，卻連初級都沒有通過。

「孩子，身為一個聖騎士，你學不會鬥氣——也沒有關係！至少你已經學會祭司專用的聖光護體，就聲光效果來看，聖光護體和鬥氣也差不了多少。」

那年，我十六歲，跟我的老師學了六年，所有十二小聖騎士都學會鬥氣，只剩下我還不會。順便一提，審判在十三歲就學會鬥氣了。

「但是，孩子，身為一名聖騎士，你不能學不會騎馬啊！不會騎馬那還叫騎士嗎？你乾脆去創一個聖步兵算啦！」

在老師狂罵的時候，當時的大地在不遠處，正好騎著馬跳過最高的柵欄，姿勢帥得連我都想喝彩。

現在回想起來，也許我和大地的樑子在十六歲就結下了。

最後，我老師氣得發瘋，一拔太陽神劍架在我的脖子上，怒吼：「給我上馬，你再敢摔馬，我就送你去見光明神，讓你去跟祂提議創個聖步兵！」

我害怕到連動也不敢動，加上胯下的馬兒也被老師的怒火嚇到僵硬如石像，在上下人馬都不敢動的情況下，我總算沒有被自己的老師送去見光明神。

不過，從那時候開始，我就不敢摔馬……至少在沒有確定我老師百分之百看不到之前，我絕對不敢摔馬！

而現在這麼大的場面，難保我老師不會在哪個角落看熱鬧，所以，我要是敢摔馬，說不定明年的今天就是我的忌日！

但真的餓上一整天的話，難保不會餓到摔馬，所以我連忙跟審判求救：「審判，你身上有沒有藍莓餅乾？」

「沒有。」

審判看了我一眼，大約是我的臉色實在太難看，他馬上補充說明：「別擔心，大王子殿下公事繁忙，只安排繞主要幹道，大約半天就可以繞完了。」

聽到還是要繞上半天，我沉下臉……喔不！臉絕對是保持著燦爛的笑容，左手優雅且緩慢地跟民眾揮手致意，在聽到要遊行半天時間之後，我立刻調整揮手速度，越揮越慢……

「孩子，現在要教你如何跟民眾揮手。」

「老師，爲什麼揮手也要學？」

「孩子，照你平常的揮手速度，連續揮一分鐘，總共要揮幾下手呢？」

一分鐘後。

「老師，要揮八十八下。」

「那麼，為師上次去陪國王陛下遊行時，總共花費了多少時間呢？」

「好像是三個小時。」

「接下來，孩子，來算一算數學吧！如果你一分鐘揮八十八下手，揮了三個小時，總共要揮多少次呢？」

「一萬五千八百四十次。」

「孩子，接下來是健康教育問題，如果你連續揮了一萬五千八百四十次手，你的手會變成什麼樣子呢？」

「……不知道。」

「所以，孩子，你是要現在跟為師學習如何用一千次揮手應付完一場遊行，還是要在未來的每一場遊行中揮滿一萬五千八百四十次手呢？」

「老師，請您一定要教我如何揮手！」

遊行的時間越長，揮手的速度就越慢，手擺動的幅度也越大，同時上臂要呈現自然垂下的狀態，只用手肘關節帶動前臂輕輕揮舞，務求最小的使力和最少的揮手次數。

如此一來，保證就算揮了一整場遊行的手，晚上照樣能玩牌和抱美女——不、不！是照樣能練劍和批改公文。

這，就是我的老師教給我的揮手奧義！

雖然老師已經把揮手奧義傾囊相授，不過我還是遇上難題，審判剛才說要遊行半天的時間，他指的半天指的是大約五個小時，如果我要把揮手次數控制在一千次，那每小時只能揮兩百次，一分鐘只可以揮三點三三次，等於我要用二十秒來揮一次手啊！

這樣的揮手速度也太慢了吧！這麼慢的速度，會不會有人以爲我手抽筋啊？

正當我思索該如何是好時，後頭卻傳來暴風的聲音。

「太陽，你能跟我聊一下天嗎？」

「暴風兄弟，不知你要聊光明神的寬容或是光明神的慈愛？」

當然好！我正想隨便找個人說說話，耗掉一點時間，讓接下來的揮手速度可以提高一點，只是沒想到暴風居然先開口要跟我聊天。

暴風主動找我聊天眞是很奇怪的一件事，他總是說，跟我聊天三分鐘的疲累程度就和拋一百個媚眼差不多，只要說上十分鐘的話，他那天晚上就特別好睡，因爲實在太累了。

「不用特地找話題，隨便說說就可以，我只是想假裝聊天而已。」

暴風連忙解釋後，看見我疑惑的眼神，又補充說明：「你知道，現在一條街上有數百個女人，遊行至少要遊上幾十條街，要是我得對每個女人都拋一個媚眼，那整場遊行下來，我就算不瞎，也不會有什麼好下場，所以，我的老師教我用一千個媚眼應付完一場遊行的奧義！」

「……」這話怎麼聽起來好像很熟悉。

這時，暴風對兩旁的女人瀟灑一笑，引起一陣尖叫聲，然後他縱馬騎到我旁邊，開始跟我「聊天」。

「我的老師說，不知怎麼著，女人總是喜歡看兩個美男子靠得很近的樣子，而歷任太陽騎士就算不是超級美男子，至少也會是個普通美男子，所以找太陽騎士聊天準沒錯！別說只要拋一千個媚眼，就算我整場遊行都不拋媚眼，只要偶爾搭搭你的肩，或者把你散亂的髮絲攏回原位，就夠讓女人尖叫昏倒的。」

聽到這話，我全身僵住，小腿不自覺地往馬腹一踢，馬兒立刻漂亮地往旁邊一跳，在那一瞬間，我感覺到自己和馬兒簡直達到人馬合一的境界，我對於被男人摸的厭惡充分地傳達給我的馬，所以牠才能做出這麼高難度的動作！

馬兒啊！你一定是匹公馬，我的好兄弟！回去一定給你吃最好的牧草。

「……別擔心，我對於摸男人也沒有什麼興趣，所以會乖乖拋足一千個媚眼，你只要陪我隨便說幾句話，消耗掉多餘的時間就好。」

我鬆了口氣，還好不用被暴風摸，如果要被男人摸，我寧願揮足一萬五千八百四十次手，反正晚上根本沒有牌可以玩，更沒有美女可以抱，所以就算手廢掉也沒關係。

我微笑地說：「那麼，兄弟要聊聊光明神的寬容或是慈愛呢？」

「這個……」暴風的表情看起來真是十分難以抉擇的樣子。

為了不想聽光明神的寬容和慈愛，所以暴風自己卯足了勁說個沒完，這樣真好，既不用揮手也不用開口說話，除了肚子很餓，我現在的狀態簡直無可挑剔。

好餓、好想吃東西……

我上下打量暴風騎士，如果人能吃的話，不知道哪個部位最好吃？是胸肉、大腿，還是小腿呢？或許是最常使用的手臂也說不定？

暴風慢慢地停下話，語氣古怪地問：「我說錯什麼了嗎？太陽，你為什麼用這麼奇怪的眼神看我？」

聞言，我搖了搖頭，然後乾脆低下頭不再看暴風，免得他又說我用奇怪的眼神看他。一低頭就看見兩朵直挺的馬耳朵，既然滷豬耳朵很好吃，拿來下酒是再好不過了，那滷馬耳朵應該也差不到哪裡去吧？

「太、太陽……」

暴風不知為何叫我，但我忙著對馬耳朵流口水，根本懶得回應他，他又提高音量，喊道：「太陽！你快看，有騷動！」

我抬起頭來，正好看見一顆又大又紅的番茄被拋上天空，在藍天白雲的襯托之下，更顯得紅潤飽滿，眞是一顆看起來就無比美味的番茄！

番茄在空中劃出一道完美的拋物線……

啪！

然後狠狠地撞到審判騎士的身上，現場突然一片死寂。

很好，就憑我和審判的交情，跟他要顆番茄還不簡單。我吞了吞口水，喊道：「審判……」番茄給我吃！

話還沒說完，審判已經冷靜地把番茄從黑袍上撥下去，然後，他用超級高超的馬術，縱馬踩爛那顆番茄。

審判抬起頭來，眼神簡直可以凝結出冰霜，他冷冷瞪視那個丟番茄的人，狠狠警告：「再有一次，這就是你的下場！」

見到番茄被踩得稀巴爛，那人拿番茄丟審判騎士的勇氣瞬間消失無蹤，灰溜溜地鑽進人群中，一下子就沒影了。

番茄……我看著地上被踩爛的番茄，心中充滿悲憤，眞是混帳東西！

爲什麼要丟審判？

爲什麼不丟我呢？

我餓到都想咬馬耳朵，你幹嘛不把番茄丟給我吃啊？

該死，番茄好香啊！雖然爛成一團外表不佳，但也因爲被踩爛了，香味反而更濃，啊啊！好想吃番茄啊！

剛剛居然忘記跟亞戴爾交代，還要準備飯後水果，先吃藍莓三明治，邊喝牛奶，偶爾捏幾塊蜂蜜餅乾來吃，最後再狠狠啃掉一顆番茄，光想就覺得那一定是世界上最幸福的事情！

「太陽騎士……請您……太陽騎士？您願意嗎？」

願意什麼？我有點恍惚地笑著說：「眞餓。」

「啊？」

「太陽騎士，你想個名字要想多久？請不要浪費我的時間，好嗎？」

聽到審判低沉冷酷的聲音，我猛然回過神來，這才發現前後左右加起來差不多有幾千雙眼睛全都盯著我看。

慘了！我居然餓到出神了。

因爲有點搞不清楚狀況，只好先觀察一下周遭情況，只見馬前站著一對男女，看他們站得十分近，應該是夫妻，女人還抱著一個新生兒，再回想一下，剛才審判提到「想名字」這件事情，我立刻就知道自己要做什麼了！

我立刻露出一抹非常燦爛的笑容，說：「就叫作珍萼吧，珍寶的珍，花萼的萼，希望這女孩能長得跟珍貴的花兒一般美麗。」

不會錯的！

肯定是要讓我取這小孩的名字，這種事情已經不知道遇過多少次了，多到我只要看見剛出生的嬰兒就有一股想要幫他取名字的衝動。

「喔！」

眾人恍然大悟，連連歡呼：「眞是個好名字，珍蕚、珍蕚！」

呼！果然沒錯，還好我反應快，總算度過一次出糗的危機，眞佩服自己，這樣都可以硬掰回來！

不過話說回來，那對父母好像不太滿意這名字的樣子？兩人的臉色都顯得有些怪異。

這就有點奇怪了，一般來說，讓我取名只是想討個吉利罷了，所以只要不是太難聽的名字，通常都會很高興地接受，而珍蕚這名字雖說少見了點，但也不到十分難聽的地步吧？

這時，暴風騎著馬靠近，一臉尷尬地靠到我耳邊輕聲說：「人家的小孩不是女兒，是兒子。」

「……」

# 太陽騎士每日第三行

「管好城內的不死生物。」

我一腳踹開粉紅家的木門，但卻沒有看見粉紅，而是見到另一個人——不，是見到一個死人。

羅蘭，他的雙目是死亡騎士特有的火焰之眼，但他並不是普通的死亡騎士，死者特有的灰白之身上燃著黑火紋路，身負一對銳爪龍翅，身周瀰漫著濃厚到快讓人窒息的黑暗氣息。

他是不死生物教科書上特別註明，絕對不能讓其誕生的不死生物，他能夠召喚不死軍團，是不死生物中最強大的存在——死亡領主！他……正穿著一件粉紅色的圍裙，蹲在地上用抹布擦地板。

我面無表情地問：「羅蘭，你在做什麼？」

羅蘭也十分冷靜地抬起頭來，一本正經地回答我：「我在擦地板。」

「……」

無言一會後，肚子突然咕嚕叫了好大一聲，我猛然爆發，一把掀翻桌子，怒吼：「擦什麼地板啊！你可是統率不死軍團的死亡領主耶！你應該去外面，從東邊的街殺到西邊的路，再一路從西邊殺回東邊，這樣來回殺他個血流成河、屍橫遍野才對呀！」

我深呼吸一口氣，大吼：「你不要忘了，你可是死亡領主啊！」

羅蘭似乎有點被我嚇到了，他看看被掀翻的桌子，又看了看我，最後皺著眉頭說：

「格里西亞，你可是太陽騎士！」

粉紅拿著一根巨大棒棒糖，搖頭嘆氣地從裡面的房間走出來，感慨地說：「這可眞是個什麼年頭喔！死亡領主乖乖在擦地板，太陽騎士想要殺他個血流成河，像話嗎？」

羅蘭一臉正經地說：「不要這麼說，粉紅，格里西亞是個很好的太陽騎士。」

我一看到粉紅，激動得立刻衝到她的面前，然後一把搶走她手上的棒棒糖，拚命舔著那根草莓棒棒糖，感動地讚歎：「好甜、好甜，棒棒糖眞好吃！」

粉紅愣了一下，就「哇啊」的一聲哭出來，一邊捶我一邊蹦跳著想搶回棒棒糖，但以她的身高，就算跳起來也無濟於事，照樣搶不到，最後她嗚嗚哭著說：「太陽你這個大壞蛋，還給我啦！把我的棒棒糖還我，嗚嗚嗚！」

羅蘭稍微一愣，又十分認眞地糾正：「格里西亞，身爲太陽騎士，你不應該搶小女孩的棒棒糖，那是不對的行爲。」

我一邊舔棒棒糖，一邊反駁：「我可沒看見任何小女孩，只看見一具小女孩的屍體，死人還吃什麼棒棒糖！我身爲太陽騎士，絕不容許浪費食物這種惡行發生！」

聞言，羅蘭皺起眉頭，一時之間竟也想不清楚這話是對是錯。

眼見哭泣博同情沒有用，粉紅立刻收起眼淚，鼓著臉頰指控：「你容許一個死靈法師和死亡領主在你眼前亂晃，卻不容許浪費一根棒棒糖？羅蘭，你剛才是說這個連小女孩的棒棒糖都搶的傢伙是一個很好的太陽騎士？」

羅蘭卻沒理會粉紅，仍舊皺眉專注思考搶死人的棒棒糖到底是正確還是錯誤的行爲。

「哼！」

粉紅緩緩地飄起來，爆發出濃濃的黑暗氣息，連頭髮都狂亂地飛舞，看起來已經完全不像普通的小女孩，她語氣陰冷地說：「太陽，我警告你，再不把棒棒糖還給我的話，我就讓你求生不得，求死不能！」

見到全城最強的死靈法師——也是唯一的死靈法師抓狂，我仍舊老神在在，再舔幾下棒棒糖後，緩緩地說：「寒冰說下次要做草莓刨冰，要不要拿一點給妳吃？」

「要～～」

粉紅瞬間落到地上，整個人攀在我腰際，一雙閃亮大眼露出懇求的神色，只差沒尾巴可以搖而已。

我哼哼兩聲，趾高氣揚地問：「那這根棒棒糖？」

粉紅眞誠無比地說：「當然是送給你啊！我們認識那麼久了，交情比亂葬崗的屍體腐爛程度還要高喔！一根棒棒糖算什麼，就算是剛死掉的新鮮屍體都可以給你呢！」

誰要妳的屍體啊！我還在吃棒棒糖，不要說那麼噁心的東西好不好？害我突然回想到以前爲了還債，曾經到亂葬崗去掘地三尺，見識過各種腐爛程度不一的屍體，才終於成功交差……噁！不行，一回想起來就想吐！

「你們——」羅蘭突然開口。

就怕羅蘭太認眞看待粉紅說的話，我立刻跟他解釋：「別擔心，羅蘭，我跟粉紅吵架最嚴重的那一次，她也只不過用魔法把我轟出小屋，飛出幾十公尺遠，撞破一整排的房子而已，離求生不得、求死不能還遠著呢！」

粉紅立刻回嘴抱怨：「你還敢說，你被我打飛以後，還不是馬上跑回來，用聖光把我的小屋連同清潔屍一起轟得連渣都沒有剩，我花好多工夫才把小屋弄回原來的樣子耶。」

羅蘭皺了下眉頭，問：「那麼，你們不決鬥了嗎？」

「我們爲什麼要決鬥？」

我和粉紅同時瞪大眼，默契十足地轉頭看向羅蘭，而他居然還一臉認眞地回應：「你們在搶奪棒棒糖，既然無法判斷給誰才是正確的，那就用決鬥來決定這根棒棒糖的歸屬。」

開什麼玩笑！太陽騎士和死靈法師爲了一根草莓棒棒糖展開決鬥？這傳出去能聽嗎？

我和粉紅連忙搖頭大喊：「我們是開玩笑的！」

聞言，羅蘭皺了下眉頭，見我倆眞是開玩笑的，他搖了搖頭，表情就像看到兩個小孩子在胡鬧，終於不再理會我們，只是伸手扶起我翻倒的桌子，然後拿起抹布繼續擦地板。

眞不知道羅蘭在想什麼，堂堂的死亡領主擦地板？居然還用那麼認眞的表情擦，活像擦地板和屠龍是同等級的重要任務，而且還要我和粉紅爲了一根草莓棒棒糖決鬥，羅蘭認眞的個性怎麼好像比小時候嚴重了？

想想，我以後一走進這間小屋，可能就會看到堂堂的死亡領主用認眞的態度在擦地板、抹桌子、洗衣服，說不定還會看到他拿著縫衣針在補衣服!?

我的光明神啊！與其看到那種超級不協調的畫面，我還寧願看到他拿著縫衣針把某人的嘴縫起來之類的血腥場面。

腦中不由自主開始幻想，我立刻甩頭甩掉那種恐怖想像，跟粉紅嚴正抗議：「妳幹嘛叫羅蘭擦地板，他可是死亡領主，不是妳隨便召喚來的清潔屍。」

「我哪有啊！我只是隨口說說地板很髒而已，他就自己去擦了啊！」粉紅理直氣壯地回答，在我懷疑的目光下，她有點心虛地補充說：「我只是多說幾次而已嘛。」

我用更懷疑的眼神看著粉紅。

「大概多說一百次或者兩百次……好啦好啦！我至少說了五百次，可以了吧？不要再看著我啦！」

我就知道！

雖然羅蘭絕對不是個懶惰的傢伙，卻是一個只會練劍的傢伙，要他放下手中的劍去做別的事情，難度差不多只比讓我現在放下手上的棒棒糖低一點吧。

粉紅滿臉不高興，蹦蹦跳跳到她那張畫滿草莓的躺椅上，然後從底下抽出另一根棒棒糖舔了兩下，心滿意足後才想起正事來，她洋洋得意地問：「太陽，上次我幫你製造羅蘭升天的假象，做得很棒吧！應該沒有人發現羅蘭其實沒升天吧？」

「沒有，不過，審判可能知道。」我有點遲疑地補充。

粉紅立刻撇清自己的責任，「那可不關我的事，是他太了解你了。」

「審判騎士？」羅蘭停下抹地板的動作，一臉嚴肅地說：「他的劍術眞是好，若有機會，我眞想再和他比試一次。」

「別去惹審判！」我和粉紅立刻異口同聲地說。

粉紅認眞地警告羅蘭，說：「審判和太陽可是大不相同的，他是個貨眞價實的審判騎士，要是被他看見你在城裡亂跑，肯定不會放過你。」

喂！審判騎士是貨眞價實，難道我這個太陽騎士是假貨嗎？我翻了翻白眼。

羅蘭低頭凝視自己灰白色的手一會後，輕嘆了口氣，說：「我明白了，我不會出去的。」

見狀，我暗嘆了口氣，雖然在自己的掩護之下，羅蘭至少沒被神殿抓起來巴比Q，但如果一直被關在這幢小屋裡，還跟一個爲了要他去擦地板，可以連續唸上五百次的死靈法師待在一起，對羅蘭來說，說不定還不如被巴比Q、死他個徹底算了？

想了一想，我實在覺得讓羅蘭在這邊繼續擦地板也不是辦法，說：「粉紅，妳把上次那只生命戒指借給羅蘭僞裝外貌，我再用聖光蓋過他的黑暗氣息，這樣應該就不會被發現了，我要帶他出去逛逛。」

聞言，連羅蘭都露出期待的眼神，看來他果眞被關太久了。

粉紅更是雙眼放光，大聲回應：「好！不過，我也要一起出去玩！」

妳攪和個什麼勁啊？我翻了翻白眼，不過，粉紅嘟起嘴，露出一副「不給我跟，通通都別想去」的表情。

唉！我怎麼突然有種自己開了旅行團的感覺，而且還是「不死生物旅行團」！

光明神護佑，千萬別讓我遇到審判騎士長，不然我恐怕會成爲第一個被招待到審判所體驗各種刑具的太陽騎士了。

「太陽，你眞的很笨耶你！」

粉紅大概是看我面有難色，毫不客氣地提醒：「你不是會變成『太龍』嗎？只要用太龍的身分帶我們出去，就算被發現了，也和『太陽騎士』沒有關係嘛！」

對喔！我恍然大悟，驚呼：「原來龍的聖衣還可以這樣用啊！」

「廢話，不然你以爲我給你龍的聖衣是幹嘛用的！」

我疑惑地問：「不是給我抓伯爵三子用的嗎？」

「不是啊！抓個人哪用得著這種會認主的寶物。」

我心中頓時感覺不妙，問：「那當初妳給我的眞正原因到底是──」

「當然是陪我做壞事用的呀！」粉紅理直氣壯地回答。

「……」

♣♣♣

爲了徹底僞裝成一般人，羅蘭戴上生命戒指後，還換了粉紅給的戰鬥服和輕盔甲，戰鬥服的設計十分簡潔大方，非常便於活動，胸口處還繪著一對羽翅，衣服下襬則繪有魔法圖騰。

我隱隱感應到那些圖騰上聚集不少風元素，看來是能讓穿者更加靈敏的魔法陣。輕盔甲更不是俗物，簡單俐落的造型，光滑如鏡的亮銀甲面，還刻著繁複的魔法花紋，也不知道有什麼作用。

我皺起眉頭，疑惑地問：「我好像在哪裡看過這個戰鬥服上面的翅膀標誌。」

粉紅大點特點頭：「喔喔！太陽你的眼力眞好，那是第二次屠魔戰爭中，人類方旋風騎士團的戰鬥服喔！」

我一個擊掌，喊道：「難怪！我就是在神殿的『壁畫』上看過這件衣服，還有、還有，這副盔甲看起來也很眼熟耶。」

「當然，那可是當初旋風騎士團團長穿的盔甲喔！」

「那可真是不錯的盔甲呢！」

粉紅洋洋得意地說：「那還用說嘛！我粉紅的收藏品怎麼可能有凡物——啊！哎呀！」

我捏住粉紅的臉頰，一邊用力亂揉，一邊咬牙說：「妳這個不知道死了多久的死屍，除了身體腐爛，連腦袋也跟著爛光了嗎？妳給羅蘭穿這種最頂級的裝備幹嘛？我們只是要出去逛街，不是要去屠魔啊！」

「嗚嗚嗚，人家就只有這種裝備嘛！」粉紅捧著自己的臉頰哭泣。

「我還是穿自己的衣服吧。」聽到我說的話，羅蘭十分乾脆地開始脫掉盔甲。

我嘆了口氣，說：「不行啊，你的衣服都破破爛爛的了，穿出去也很引人注意。」

羅蘭認真地解釋：「不會的，我已經用針線補過了。」

「……」我轉頭對粉紅說：「粉紅，我以後來妳家一定會敲門，如果羅蘭正在補衣服，或者做一些比補衣服更不協調的事情，妳千萬不要給我開門。」

之後，羅蘭換上自己的衣服後，看起來正常多了，雖然衣服有點破舊，不過街上多得是不修邊幅的戰士，羅蘭這身倒也不怎麼突兀，反倒是我那套龍的聖衣顯眼得多。

粉紅則不知道用上什麼方法，原本的粉紅色皮膚現在已經是正常人的膚色，再套上一件烏漆墨黑的魔法師袍子，看起來居然也是個正常的小女孩！

可惡！我明明是這三人中最正常的，現在居然看起來是我最不正常。

粉紅嘟囔：「你這樣的太陽騎士也能算正常？」

我先狠狠給粉紅一個白眼，然後開始說正事：「雖然只是逛街，但也不知道會不會發生什麼事情，所以，我們先來串供吧，我們就裝作是三兄妹，離家出來冒險。」

羅蘭是大哥，職業是戰士，雖然他更正自己是騎士，不過如果別人問起，既然是騎士，那你的馬呢？他總不能把自己的亡靈馬召喚出來給人家瞧吧？所以，還是當戰士單純點。

我是弟弟，光看這身緊身衣和面罩，不用說，人家也知道我是個刺客。

粉紅自然是年紀最小的妹妹，職業是見習魔法師。

雖然事實完全相反，光看那套第二次屠魔戰爭的裝備就可以知道粉紅老得不知道是哪個紀元的產物了；雖然我和羅蘭同年，不過我還比他大了一個多月呢，更何況，他早在死掉的那時起就不會再變老了。

爲此，我也曾大聲抗議：「我比羅蘭大，爲什麼我要當弟弟？」

「因爲你比他矮。」

「只有矮幾公分而已，而且哥哥不一定比弟弟高，這純粹是偏見！」

「因爲你沒有他強。」

「誰說的！我有龍的聖衣、超強自癒能力、魔法和死靈法術，林林總總加起來，該有他強了吧！呃，應該有吧⁉」

「因爲你看起來沒他可靠。」

「我哪裡看起來不可靠了！我的笑容還曾經獲選爲年度最令人感到安心的表情——什麼？如果某人有黑中帶銀的頭髮、戴著面罩，還穿著黑色緊身衣，看起來像什麼？廢話！當然是可疑分子啦！」

最後，我還是抗議失敗，只好乖乖當弟弟去。

串供完畢後，我們三個就大剌剌地走上街道。

一走出小屋，羅蘭的神色就緊張起來，當我們要走進人潮較多的街道時，他更是遲疑好一陣子，才鼓起勇氣踏進人群之中，途中還不停左顧右盼，神色顯得很是擔憂。

「有人在注意我，我感覺到不少視線。」羅蘭皺緊眉頭，憂慮地說：「也許已經被發現了，我們還是快點回去屋子吧。」

有人在注意羅蘭？我皺著眉頭四處搜尋，立刻發現那些偷窺者的身分，分別是從窗口偷看的少婦、在街角嘰嘰喳喳的少女們，還有光明正大從我們旁邊走過去、順便拋幾個媚眼的舞孃。

「別擔心，不過是一堆在看帥哥的女人。」我向羅蘭解釋完，有點酸溜溜地補充：

「不過我要是不戴面罩的話，還可以吸引更多呢！」

「別傷心，太陽……太龍！也有很多人注意你啊。」粉紅拍了拍我的肩，四處指給我看，「你看，左邊有好幾個聖騎士對你指指點點，右邊那些騎士一直盯著你，還有轉角那幾個祭司也一直在偷看你耶！」

我本來還很期待朝粉紅比的方向看，結果沒看到少女看著我嘰嘰喳喳也就算了，還看到一堆男人用懷疑的眼神上下打量自己！

我惱怒地對粉紅低吼：「那是因爲我的打扮看起來實在太可疑了！」

粉紅恍然大悟地說：「原來是這樣呀，我還覺得奇怪，怎麼都是男人在注意你，還以爲羅蘭是吸引女人，而你專門吸引男人呢！」

可惡！誰專門吸引男人啊！我語帶威脅地說：「妳信不信我知道妳所有草莓棒棒糖的藏匿處？」

粉紅不甘示弱地回說：「那你信不信我可以讓你的頭髮永遠保持黑中帶銀的顏色？」

我連忙護住頭髮，還不忘反擊：「妳試試看，小心妳永遠都吃不到寒冰做的草莓刨冰！」

「可惡！你這個卑鄙小人！」粉紅跺了跺腳，氣得拔出一柄短短的魔法杖對準我。

可惡！輸人不輸陣，輸陣就歹看面！

我當下用兩百公克的血換出一把匕首，也用匕首對準粉紅。

不過，真不是我要說，粉紅的短魔法杖和我的短匕首互相對峙的情況，看起來真是一點氣勢也沒有，都可以聽到旁邊有人在偷笑了。

葉芽城治安管制嚴格，別說當街打架，就算拔出武器都會被騎士們制止，但是現在，周圍的聖騎士和騎士卻一點來阻止我和粉紅的意思也沒有……簡直太瞧不起人了，短一點就不是武器啊？

這時，一旁的羅蘭突然緩緩地退開好幾步。

我和粉紅一同轉頭看他，更異口同聲地問：「羅蘭，你幹嘛退開？」

羅蘭理所當然地說：「這樣才不會妨礙到決鬥。」

「誰要決鬥了？」我一臉茫然地問。

「你和粉紅。」羅蘭認真地回答：「你們已經做出決鬥的姿態，這很好，就讓手中的劍來決定對錯，不多做口舌之爭，這才是騎士之道。」

我看了看自己手上的匕首，又看了看粉紅手上的魔法杖，我們兩個是哪裡來的「手中的劍」？

粉紅看了看自己的魔法師袍，又看了看我的刺客裝，訕訕然地說：「我和太龍怎樣都不能說是騎士之道吧？」

這時，旁邊的人從原本的偷笑變成哄堂大笑，那些對我指指點點的聖騎士還笑到抱著肚子，就差沒滿地打滾了，我突然無比慶幸他們不知道我就是太陽騎士。

幾名騎士邊笑邊走過來說：「抱歉，打擾你們貫徹騎士之道的決鬥，哈哈哈……不過，街上是不可以打架鬧事的。」

羅蘭認真地回答：「這不是打架，是決鬥。」

騎士們又噗哧一聲，然後大笑特笑起來，連帶周圍的人也笑得更大聲了。

我欲哭無淚地說：「我活了二十三年，從來沒這麼丟臉過！」

粉紅也低垂著頭泣訴：「對啊，我活了兩千三……咳！我活了『很久』，也從來沒有這麼丟臉。」

這時，一聲低喝打斷大家的笑聲：「這裡發生什麼事？」

這聲音真耳熟啊！我轉頭就看見一整隊的聖騎士，不但如此，他們的騎士服胸口位置還有個太陽標誌——果然是我的太陽小隊！

二十五個小隊員通通到齊了，連我的副隊長亞戴爾都沒缺席，看他們全副武裝且隊伍整齊，有模有樣的，不像是出來閒晃或者要去圍毆人的樣子，等等，難道，這個月是輪到太陽小隊巡邏嗎？

這下可慘了！

我的太陽小隊主修能力可是消滅不死生物！他們本來就擅長感應黑暗氣息，而且更不妙的是當初在王宮時，他們還見過羅蘭，雖然羅蘭現在是活人外表，已經與死亡騎士的模樣大不相同，但也不能肯定他們一定認不出來。

我趕緊檢查羅蘭身周的聖光，確定仍舊包得很緊密，沒讓半點黑暗氣息洩露出來，這才稍微放心一些。

這時，剛才笑到肚子痛的聖騎士們連忙小跑步過來，畢恭畢敬地跟太陽小隊報告狀況。太陽小隊的小隊員們一聽完報告，神情就放鬆下來，讓我也跟著鬆了口氣，看來是矇混過去了。

才放下心而已，卻又看見我的副隊長亞戴爾從小隊走出來，還一路走到羅蘭跟前，打量他一下後，彷彿隨口問：「你是聖騎士？」

「不，我是騎士。」羅蘭十分直白地回答。

喂、喂！羅蘭，不是剛剛才串供過的嗎？你是戰士啊！

「是嗎？」亞戴爾冷冷一笑，厲聲道：「那爲什麼你身上會圍繞著聖光？」

亞戴爾的話一說完，二十四名太陽小隊成員立刻散成圓形，將我們三人牢牢包圍住。

眞是懊惱啊！早知道就不要總叫亞戴爾帶太陽小隊去圍毆人，他們堵人的效率簡直好得驚人，連我自己都來不及反應就已經被團團圍住了。

今天該不會自食惡果，換我自己被太陽小隊圍毆了吧？

亞戴爾緩緩抽出劍來，解釋給不知所措的民眾聽：「如果你並非聖騎士或者祭司，這聖光不是你自己本身散發出來，那只代表一件事情，聖光圍繞在你身邊的目的是爲了掩蓋其他東西，例如黑暗氣息！」

我現在才明白，原來自己的副隊長太聰明也不是件好事，這下子事情難收場了。

「就算是爲了掩蓋黑暗氣息又怎麼樣？」粉紅突然開口說：「掩蓋黑暗氣息犯法嗎？」

亞戴爾也好脾氣，居然還眞的回答：「掩蓋黑暗氣息不犯法，但帶有黑暗氣息的往往都不是好東西，例如不死生物！」

「那渾沌神的信徒呢？」粉紅抬高下巴，挑釁地反問：「你的意思是，渾沌神的闇騎士也不是好東西囉？」

闇騎士？

哈！這招妙啊！我居然忘了，只有一種騎士身上會帶著黑暗氣息，就是服侍渾沌神的闇騎士。

聽到這個回答，連亞戴爾都愣住了。這也難怪，渾沌神殿離這裡可遠了，雖然我也知道闇騎士的存在，聽聞過他們一些特徵，但卻從來沒有見過任何一名闇騎士。

亞戴爾皺了皺眉頭，懷疑地問：「你是闇騎士？那爲什麼要掩蓋你身上的黑暗氣息？」

羅蘭皺起眉頭，根本回答不出來，我估計這個只會練劍的傢伙根本連闇騎士是什麼都不清楚。

這時，粉紅又嘲弄地回答：「就是因爲有很多笨蛋以爲有黑暗氣息的東西就是不死生物啊！」

這話一出口，周圍的聖騎士全都收起笑容，滿面怒容，反倒是被羞辱的亞戴爾完全不介意，只是皺著眉頭思索，對羅蘭說：「撤去你身上的聖光。」

聞言，換我皺眉思考該怎麼辦了，不撤掉似乎不行，亞戴爾沒這麼好哄騙過去，只好先賭賭看粉紅的生命戒指能不能矇混過關。

我十分乾脆地撤去聖光，在旁人眼光中，羅蘭完全沒有變化，但在聖騎士眼裡，他卻散發著黑暗氣息，這讓太陽小隊成員的臉色都嚴肅起來。

亞戴爾皺著眉頭打量羅蘭，突然間，他的視線變得十分銳利，我心頭一驚，順著他的視線看過去——慘了，羅蘭的腰間正掛著他那把曾經砍過我的劍！

亞戴爾緩緩地抬起頭來，直盯著羅蘭的臉，如果這樣他還認不出來眼前的人就是當初的死亡領主，那我應該要開始懷疑自己選副隊長的眼光。

但我相信自己絕對是很有眼光的，所以已經開始思考要怎麼逃亡，說不定挾持自己的副隊長是個不錯的選擇？

記得亞戴爾的劍術好像滿不錯的，要是挾持不成，還被他反過來制伏，我這個隊長還有臉做下去嗎？

「你們走吧。」

好！就叫羅蘭挾持亞戴爾——呃？我愣了一愣，亞戴爾剛說什麼？

這時，其他太陽小隊的成員擔憂地問：「亞戴爾，這樣好嗎？要不要找隊長來鑑定一下？」

亞戴爾搖了搖頭，說道：「不用了，我們走吧，早點巡邏完，我們還得去做隊長交代的事情。」

什麼事情？我眨了眨眼，自己交代過什麼嗎？

亞戴爾眞不愧是長年幫我管理太陽小隊的副隊長，他開口說不用以後，太陽小隊沒有半個人再有異議，立刻從包圍隊形恢復到巡邏的隊形，然後整齊劃一地跟著亞戴爾離開。

沒親眼看見，我還眞難相信，平常看起來亂七八糟的太陽小隊居然能排出這麼整齊的隊形，亞戴爾眞是厲害啊，我果然非常有眼光！

但他們究竟要去做什麼事情？

我眞的不記得交代過亞戴爾什麼，而且他應該已經認出羅蘭了，身爲專門對付不死生物的太陽小隊副隊長，他居然就這樣讓一個死亡領主在城內亂跑？

我是不是太不了解自己的副隊長了？

「太陽，要跟上去嗎？」粉紅低聲問，一副興趣十足的樣子。

我思索了一陣，要帶著羅蘭跟蹤太陽小隊是件不可能的事情，聖騎士對黑暗氣息太過敏感，即使用聖光掩蓋，他們也能察覺出聖光的存在，怎樣都不可能瞞過他們。

「不了，今天是陪羅蘭出來逛逛，看看他想去哪裡吧。」

聞言，粉紅失望地「喔」了一聲，但沒多久又牽著羅蘭的手到處東看西看起來。

我看著羅蘭都是被粉紅牽東牽西的，幾乎不曾自己主動走去什麼地方，於是開口問：「羅蘭，你有什麼想去的地方嗎？」

「甜點店！布偶店！墳地！」

我完全忽略吵鬧的小女孩，認真地跟羅蘭說：「你想去什麼地方，我都可以帶你去，除了光明神殿以外。」

就算是王宮，我都有辦法帶著羅蘭來趟王宮密道一日遊，只有光明神殿是不可能帶他去的，畢竟那裡可是打擊不死生物的大本營，就算是死亡領主，闖進去也只有被聖光淹死的下場而已。

聞言，羅蘭竟然露出失望神色，難不成他還真的想去光明神殿玩？

我的光明神啊！葉芽城裡有個沒有死靈法師自覺的死靈法師就算了，現在居然還來個沒有死亡領主自覺的死亡領主，難道現在的不死生物都不知道自己已經掛了，所以該遠離所有「聖」和「光明」開頭的東西嗎？

羅蘭思索一會後還是搖了搖頭。

我嘆口氣，無奈地說：「那我帶你去做幾件衣服吧，也該去買把劍，你那把武器根本不能出鞘。」

一出鞘肯定黑暗之氣沖天，然後我們就會跟一堆聖騎士玩你追我跑遊戲了。

羅蘭點了點頭，但粉紅卻硬擠到我倆中間，大聲抗議：「甜點店！」

「還去甜點店？」我嘲諷地說：「妳屋子裡的棒棒糖都比刑場的屍體還多了，妳到底有沒有死靈法師的自覺啊？」

粉紅翻了翻白眼，沒好氣地說：「笑死人，你的魔法比劍術好上幾十倍，聖光比鬥氣多上幾百倍，死靈法術又比騎術好上幾萬倍，說到底，你才是最沒有聖騎士自覺的傢伙！」

我啞口無言，在自己十三年的聖騎士人生當中，我至少曾經十三次懷疑自己是否真的適合當個聖騎士——每年測驗完劍術、拿到成績單時，我就忍不住要懷疑一次。

那時，我的老師是這麼安慰我的。

「孩子，做騎士是你最沒前途的第一選擇，做聖騎士是你最沒前途的第二選擇，所以別傷心了，至少你沒選第一選擇。」

然後，老師自我安慰地說：「也幸好我是你的聖騎士老師，而不是騎士老師，要把你教成一名騎士，我不如一劍殺了你，讓你重新投胎選擇還比較實際。」

粉紅用著極度諷刺的語氣挖苦：「還有啊，身爲聖騎士中最高等級的太陽騎士，你居然被不死生物教訓到無話可說，你這個太陽騎士做得還眞有自覺啊！」

「再不閉嘴，就不帶妳去甜點店。」

我臉色陰暗地開口威脅，粉紅則眉開眼笑地閉嘴不再嘲諷。

「走了，要去那麼多地方，得快點才行。」

催促完，我走到最前頭給兩人帶路，但這時卻突然一個念頭閃過去。

帶著死靈法師和死亡領主逛大街，恐怕才是我這個太陽騎士最沒有自覺的行爲吧？

# 太陽騎士每日第四行

「照顧太陽小隊隊員。」

對於衣服這回事，羅蘭完全不感興趣，若不是做衣服的大嬸看他英俊，硬拉著他不放，一邊量身，一邊自言自語討論著款式，恐怕他只會丟下一句「三件武士服，訂金放在這裡」，隨後就走得無影無蹤了。

不過，我倒是沒想到連武器店都引不起羅蘭的興趣，他只隨手揀起一把鐵劍就完事，想想也是，羅蘭的魔劍不但能散發黑暗之氣，劍鋒也是罕見地鋒利無比，絕對是一把絕世好劍，他哪裡還看得上普通武器店能買到的劍。

結果反而在甜點店花掉絕大部分時間，粉紅光是棒棒糖就買上足足兩大袋，其中大部分都是草莓棒棒糖，又爲了等快要出爐的草莓軟糕，最後連布偶店都沒時間去。

回程的路上，粉紅都在拚命撒嬌：「布偶店、去布偶店啦！去一下下就好。」

我沒好氣地說：「下次再去啦！我的變身時間快到了，再下去要被龍的聖衣吸死了。」

「不會啦！上次你流那麼多血還不是活得好好的，太陽騎士簡直比不死生物還難死！」

我白了粉紅一眼後，不再理會她，轉頭跟羅蘭說：「今天時間不夠，下次再帶你去些有趣的地方。」

羅蘭點了點頭，說：「能夠出來走走就很好了。」

眞不知道今天到底是陪羅蘭還是陪粉紅出來，看來我得好好想想下次要帶羅蘭去哪裡逛逛，免得讓他覺得無聊。

告別兩人後，我沿路保持著太陽騎士的微笑，果然自己不管到什麼地方都是眾人目光的焦點，就算這裡是城內比較偏僻的街道，路上沒有多少人，但經過的人還是紛紛對我投以目光……就是說，他們看我的眼神似乎有點怪異啊？難道我的衣服哪裡亂了嗎？

我趕緊低頭，一眼就看見黑色緊身衣和銀甲，自己居然忘記解除變身！

難怪大家一直看個不停，這種打扮不管到哪裡都是可疑分子，當初設計這套衣服的人到底在想什麼呀？刺客穿成這樣還要行刺嗎？這打扮比閃亮亮的太陽騎士都更顯眼啊！

主上，在下是夜行衣，白天很顯眼，但晚上有絕佳的隱匿效果。

我一愣，隨後才想起來這是龍的聖衣在說話，自言自語地安慰自己：「這不是我記性差，不管怎樣，沒有人會習慣自己的衣服會說話吧？龍的聖衣，沒事別開口說話，害我嚇一跳。」

是的，主上，在下不敢了。

怎麼感覺我好像在欺負一件衣服似地？不管了，先找個地方解除變身再說，不然就要大失血了。

我東張西望地尋找變身地點，卻遠遠看見一隊熟悉的人馬走過來——等等，這不正是我的太陽小隊！

我連忙閃進陰暗處，等到他們浩浩蕩蕩地走過去，我偷偷探頭看著他們走進一家酒館後，這才從陰暗處走出來，雙臂環胸看著那家酒館思索。

「一個好的隊長不該探聽屬下的私事——不過話又說回來，我什麼時候是個好隊長了？」

想清楚自己絕不是好隊長後，我連忙找個沒人的地方，翻到酒館的屋頂上，然後開始找尋自家小隊員。

沒花費多少力氣就在酒館的包廂中找到他們，幸好酒館是用木頭建造的，而且酒客的喧鬧聲不小，可以遮掩行動，我用匕首插進屋頂的兩條木板之間，將縫隙撐大，用來偷窺自己的小隊員。

將臉緊緊貼到木縫之間偷窺，我的二十五個小隊員都坐在一張大長桌邊，副隊長亞戴爾坐在主位上，桌面還擺著不少菜餚。

該死的，好香！好險剛剛吃掉粉紅那麼大一根棒棒糖，要不然現在一聞到飯菜香，肯定立刻下去加入飯局，根本沒辦法留在上面偷聽呀！

一名小隊員拿著刀叉，卻沒心思吃飯，而是憂心忡忡地問：「亞戴爾，該怎麼辦啊？根本找不到機會下手！」

下手？他們要對誰下手？我皺了皺眉頭。

另一人帶著疑慮問：「要不要先去跟隊長回報？隊長也許不知道這件事情。」

亞戴爾卻搖頭回答：「不行，隊長既然已經交代下來了，那不管如何，我們都得做到才行，難道你們忘記隊長第一次給我們的教誨是什麼嗎？」

眾人紛紛苦笑著你看我、我看你，異口同聲地回答：「如果我叫你跳懸崖，你都得給我跳下去，不然我就把你推下去，再推塊大石頭去跟你作伴！」

說完，小隊員笑成一團，其中有人推了推身旁的同伴，笑說：「艾德，被推下懸崖，再壓塊大石頭的感覺怎麼樣啊？」

被稱爲艾德的小隊員苦笑不已，感嘆地說：「想當初剛見到隊長，他不管對什麼人都笑得那麼燦爛，看起來脾氣好到就算你在他頭上踩兩腳，他都不會生氣，後來才知道，原來眞相是如果你不謙卑到讓他在你頭上踩兩腳，你就死定了！」

「說得好！」其他小隊員紛紛大聲叫好。

簡直是一派胡言，我才沒興趣踩別人的頭呢！這個說話的小隊員叫作艾德是吧？給我小心點，我記住你了！

亞戴爾連忙正色道：「別這麼說，隊長人還是很好的，只是對我們太陽小隊比較嚴格。」

所有小隊員整齊劃一轉頭盯著他。

亞戴爾露出無奈的神色，補充道：「也對惹到他的人比較嚴格。」

眾人有志一同地揚了揚眉，大有「你在睜眼說瞎話」的意味在。

亞戴爾不得不承認：「好吧，隊長還對將來可能會惹到他的人比較嚴格——但不管怎麼說，隊長很有義氣這點總是不能反駁的吧！」

「那倒是真的。」眾小隊員皆點頭。

呵呵，幸好你們點頭了，不然的話……哼哼！居然敢在背後偷偷說我壞話，你們通通給我小心點，我全部都記住了！

某小隊員打了一個寒顫，懷疑地左右張望：「怎麼突然有點冷？」

「我也這麼覺得，把窗戶關上吧……」

接下來，眾人吃吃喝喝，看得我那個餓啊，既然你們吃得這麼多，那之後的訓練再多點也是理所當然的事吧！

幸好聖騎士吃飯速度很快，畢竟聖殿廚房經費有限，但聖騎士胃口無窮，不吃快點，等大家搶完飯菜，就只能乾啃麵包了，連湯都不一定有得沾。

眼見眾人吃得差不多了，艾德激動地雙手撐桌站起來，繼續挑起話題，氣憤地罵：「傑卡斯這傢伙實在太沒種了，連亞戴爾要跟他單挑都不敢，虧他還是個高級騎士。」

傑卡斯？我皺了皺眉頭，這是誰？難不成是亞戴爾的仇人，所以他假藉我的名義，讓太陽小隊幫他報仇？

「不過，亞戴爾，你確定隊長知道傑卡斯找了戰神殿的人來當護衛嗎？」

戰神殿？我頓時傻眼了，不會吧，我的太陽小隊居然惹到大本營在鄰國的戰神殿去了？這也太誇張了吧！

亞戴爾有點無奈地回答：「我不確定隊長知不知道，但如果其實他知道，卻還是下了命令，而我們非但沒有做到，還拿這件事情去煩他的話……」

等等，這到底和我有什麼關係？我可不認識叫作傑卡斯的傢伙，更從來不曾下過任何和戰神殿扯得上關係的命令。

艾德突然抱頭大叫：「啊！那我寧願和戰神殿的傢伙拚了，省得被隊長推下懸崖，再推大石頭跟我作伴。」

聞言，眾人都笑了，紛紛叫嚣起來，什麼跟他們拚了、給傑卡斯蓋布袋、捏爆所有戰士的蛋蛋等等，再繼續說下去連光明神都要降道雷下來劈死太陽小隊，以免他們講出更多污染小朋友純潔心靈的話。

一名小隊員有點擔憂地說：「如果隊長真的不知道這件事情和戰神殿有關，那我們貿然對他們出手不太好吧？雖然我們平常也沒少樹立敵人，但那都是在隊長的暗示之下去做的，如果隊長並沒有要惹戰神殿的話，那……」

艾德用著快要哭出來的聲音說：「那我們穩被隊長殺掉再鞭屍！」

聞言，眾人紛紛沉下了臉，最後通通看向他們的領導者——當然不是躲在屋頂偷窺的我，而是亞戴爾。

亞戴爾嘆了口氣，無奈地說：「唉！我還是去問問隊長吧，大家就先不要出手了。」

眾人紛紛發出安慰。

「辛苦你了，亞戴爾！」

「也只有你能正確無誤地理解隊長到底在講什麼鬼話。」

艾德感動地說：「如果隊長因爲這樣要把你推下懸崖，我們會偷偷在下面接住你的。」

亞戴爾正色說：「千萬不要，被隊長發現的話，我會死得更慘！麻煩你們就讓我摔下去，如果隊長要推大石頭下來，就趕緊幫他推，記得要挑最大最重的石頭。」

眾小隊員恍然大悟地說：「喔！亞戴爾你眞是卑鄙呀，推大石頭下去的話，隊長一定怕你直接去見光明神，就會立刻幫你療傷，以隊長的能力，不管什麼傷勢，他都有辦法瞬間治好。」

亞戴爾笑著點點頭。

看來我的太陽小隊還不知道，他們的隊長已經學會起死回生術，就算眞的去見光明神了，只要頭還在，我都有辦法讓他離開光明神的懷抱，乖乖回到我的面前。

亞戴爾，你最好能給我一個好交代，哼哼！

回到聖殿後，我滿肚子的疑惑，但亞戴爾不知道什麼時候才會過來詢問，而我又不能自己走過去問個清楚，這樣不就被亞戴爾發現堂堂太陽騎士還偷聽屬下談話嗎！

正苦惱的時候，暴風騎士長捧著一疊公文迎面走來。

「暴風兄弟。」我立刻喚住他。

暴風停下腳步，十分習慣地詢問：「有什麼想問的事情嗎？太陽騎士長。」

「你是否曾經聽聞傑卡斯這個名字？」

「傑卡斯？」暴風反問：「你是指傑蘭伯爵的三子嗎？」

傑蘭伯爵的三子，原來他就是傑卡斯！我在早上叫亞戴爾去把他打到無法開口懺悔的那傢伙。

亞戴爾啊亞戴爾，我誤會你了，你果然還是我最忠心的副隊長！

「太陽騎士長？」暴風疑惑地看著我。

我回過頭來，萬般誠懇地說：「暴風兄弟，太陽無比感恩你的解疑答惑，你的解答讓太陽豁然開朗，心頭就如撥雲見日，彷彿光明神降臨在我心頭，融化了一整個寒冬的

雪。」

「如果你眞的要感謝我的話，就拜託你以後都不要再說感謝我的話了，聽得我一個頭兩個大。」

我點點頭，這當然沒有問題，不用感謝人又可以不說話，簡直再好不過了。

「再請教暴風兄弟一個問題，最近是否曾經聽聞戰神殿的人來到我國？」

「原來你已經知道了。」

暴風的臉色沉了下來，說：「戰神殿的人昨天剛到王宮，據說是來參加即將舉行的國王登基大典，現在正住在王宮專門接待外賓的別館裡。」

聞言，我大感疑惑，忘響國的國王登基大典跟戰神殿有什麼關係？忘響國是我光明神殿的大本營，從來就不是戰神殿的地盤。

「戰神殿禮數周到，値得我方效法。」

我這話是在暗暗問暴風，對方會不會只是禮貌性地來祝賀，畢竟是新王登基，派人來祝賀也不奇怪。

暴風冷笑一聲，嘲諷地說：「連戰神之子都來了，這禮數眞是太周到了一點。」

戰神之子，戰神殿中地位最高的人，權力之高差不多等同光明神殿的太陽騎士，或許還更高一些，雖然我是聖殿之首，但總還有個光明殿的教皇可以制衡我，而且說實在的，審判騎士若眞要跟我爭權，也不見得會完全落於下風。

但在戰神殿中，祭司的地位一向不如戰士，而戰士之中，戰神之子又獨攬大權，可說沒有什麼人可以有足夠的能力制衡他。

所以，戰神之子親自跑來忘響國，就好像我和教皇一起跑去戰神殿大本營的月蘭國一樣奇怪。

暴風突然走近兩步，靠著我耳邊低聲說：「公主的隨身女僕的弟弟悄悄跟我透露，戰神之子一到忘響國，拜見國王和大王子殿下以後，立刻就去求見公主，而且戰神殿這次帶來很多行李，很多十分沉重又鎖得牢牢的『行李』。」

行李？我看聘禮還差不多吧，原來戰神之子想跟我國的公主求婚啊！

「而且傑蘭伯爵和這事可能脫不了關係，他家似乎有不少戰神殿的人出入——」

「太陽騎士長。」

暴風猛然停下話，退開一步，用警戒的眼神看著出言打斷他話的人。

我微笑轉頭看向來人，打了招呼：「審判騎士長，多麼美好的傍晚，即便是光明即將消逝的前夕，光明神的仁慈仍無所不在。」

言下之意就是，都傍晚了還這麼熱！

審判卻連招呼都沒打，乾脆俐落地直說：「教皇陛下在找你。」

喔，也該是時候了，畢竟連暴風都知道消息了。

我點了點頭，簡單回應：「感謝審判兄弟的提醒，太陽這就前去聆聽教皇陛下的指教。」

我輕敲了敲教皇專屬書房的門，很快就得到回應。

「請進。」

一走進去就看見一個人站在落地窗前，似乎正在欣賞外頭的風景，我十分恭敬地行了個禮。

「教皇陛下，太陽聽聞您正在尋我，不知是否想與太陽探討光明神的寬容？」

對方卻說：「何必用敬語呢？太陽騎士長，貴為聖殿之首，你的地位可是能與我平起平坐的。」

「太陽不敢，『敬老』尊賢是做人基本的道理。」

我特別用力強調「敬老」兩個字。

聞言，那人轉過身來，清秀的臉龐看來只有十五、六歲，笑起來甚至像是一個天眞無邪的少年。

不過，這人和「天眞少年」這四個字差得起碼有六十年那麼遠，因爲這名少年就是光明神殿的教皇，被我稱爲死老頭的傢伙。

可千萬不要以爲我叫他死老頭是因爲我在嘲諷他的年輕，根據我老師的說法，當他十歲來甄選太陽騎士時，教皇就是這個模樣，在他四十歲退休的時候，教皇還是這張臉。

也就是說，這個死老頭用最低年齡來估算都應該有六十歲了，卻硬是用法術讓自己維持年輕的外貌。

其實用魔法保持年輕倒是沒什麼，就連我的老師後來也偷偷用這種法術來保持年輕的外貌，不過他只有讓自己保持在三十歲左右的容貌。

不像這死老頭，一個六十歲以上的老傢伙居然讓自己看起來像個十五歲的少年，簡直無恥變態到極點！

這還導致他必須長年覆著面紗，不然光明神殿的教皇居然是個十五歲少年，看起來也太不像樣了。

「太陽騎士長，你還是這麼會說話。」教皇呵呵笑著說。

「教皇陛下，您也還是這麼年輕。」我燦爛地笑著說。

我倆互相假笑一陣後，教皇突然沉下臉，用他清脆的少年聲音喊：「好了！這裡又沒其他人，就別說廢話了吧！戰神殿都踩到我們頭上來啦，我們還在內鬥什麼？」

我的笑臉瞬間消失，沒好氣地跟他說：「你還有臉說！大王子故意整我，讓我在不知情的情況下唱光明神曲的事情，你最好別跟我胡扯說什麼你完全不知情的廢話。」

教皇乾笑兩聲，連忙解釋：「我也是為了你好，你之前連國王都敢整下台，這件事情讓大王子對你很不滿，如果不讓他整整你、消消心頭之恨，他還不知道要記恨多久。」

我冷哼了一聲。就算如此，還是可以先說一聲啊，我絕對可以把無知羔羊的角色扮演得很好。

「不過，你又何必眞的唱完光明神曲。」

教皇皺起眉頭，走到茶几旁坐下後，才有點無奈地說：「本來想讓你出點小糗，這樣你的名聲就不會太盛，讓大王子鬆鬆心、別太警戒，結果你還眞的唱完光明神曲，這下子反倒成反效果了。」

我苦笑兩聲，總不能解釋是因為沒吃早餐，餓到腦袋不清醒，結果把事情整個想顚倒了，以為唱完光明神曲會讓新任國王陛下高興，結果他高興還是高興的，從現場的笑容就可以看出來，畢竟這首曲子是獻給他登基的，但高興過後會是什麼心情，那就難說了……

教皇無奈地說：「這下子，大王子更忌憚你了。」

我擔憂地問：「你跟他交談的時候，有特地裝成跟我很不合、想鬥倒我的樣子吧？」

「當然。」教皇聳了聳肩，說：「一如往常的形象，光明殿和聖殿之間暗潮洶湧，教皇和太陽騎士為了掌握光明神殿的至高權力是明爭暗鬥，要不要來杯紅茶？」

「多加糖。」我點了點頭，問：「這樣都沒辦法打消大王子的疑慮？」

「要不要奶？」教皇一邊泡茶一邊抱怨：「還不都因為你之前做得太過火，連國王都敢整下台，難道大王子會不怕你連他都整下台啊？」

「要！」我十分不以為然地說：「這哪裡一樣了！難道他不知道自己父親是什麼德行嗎？讓那隻肥豬王下台，以及讓名聲良好的大王子下台，這兩個難度是一個天一個地，我可不敢說自己做得到後者。」

「話是這麼說沒錯，但人總是戒心重的嘛！」教皇把加糖加奶的紅茶遞給我，無奈地說：「所以，他決定打壓光明神殿。」

「就找上戰神殿來幫忙？」

我接過紅茶，一邊喝一邊思考，嗯，奶茶真好喝，教皇陛下加的糖多到都沉澱在底部，能用茶匙舀起來吃，就原諒他不事先提醒我關於光明神曲的事了。

教皇給自己也倒上杯茶，無奈解釋：「是呀，宗教勢力能與我們抗衡的也只有戰神殿和渾沌神殿，渾沌神殿又遠在天邊，形象還偏向黑暗，對於習慣光明的忘響國人民來說，絕對是無法接受的信仰，所以大王子當然只能找戰神殿。」

「還眞打算把他唯一的妹妹嫁給戰神之子？」我皺了下眉頭，這可就不好辦了。

「你消息還挺靈通的嘛，就是那樣。」教皇頗爲憂慮地說：「要是公主嫁給戰神之子，那他們就能名正言順在忘響國擴展戰神信仰了。」

我忍不住讚歎道：「大王子不但能藉著戰神信仰來撼動光明神殿的地位，肯定還從戰神殿那邊收到不少好處，這也就算了，明明是他幹的，卻把事情推給傑蘭伯爵去擔，連暴風都以爲是傑蘭伯爵爲了報復而幹的好事，卻不知道眞正的幕後黑手其實是大王子！眞是好卑鄙、好無恥的手段啊！不愧是長年掌權的大王子殿下。」

教皇翻了翻白眼，沒好氣地說：「還有時間佩服別人呀？快想想怎麼辦吧！現在年輕一代都血氣方剛，早就對光明神的仁慈沒多大興趣了，要是崇尚強者的戰神信仰再進來，肯定有一大批人會變成戰神信徒。」

說完，他又強調：「你可不要忘記了，『鞏固信徒』是你這個太陽騎士的首要任務，而且也是你引起大王子的忌憚，才讓他和戰神殿合作要打壓我們。」

「胡說八道！」

我立刻反駁：「不管有沒有我，大王子打壓我們都是遲早的事情，因爲那個肥豬國王的關係，王室最近十幾年的聲望降到谷底，光明神殿則一直盯著國王，沒讓他太過胡來，聲望升高到前所未有的境界，現在大王子好不容易登基了，怎麼可能容許國內有股比他還要強大的勢力。」

聞言，教皇馬上又碎碎唸起來：「所以說，我早就叫你最近該示弱，結果你還出手逼國王退位，讓大王子更忌憚了。」

這也是沒辦法的事，誰讓他害死羅蘭呢。我試圖再狡辯一句，不讓責任全歸自己頭上。

「反正不管我示不示弱，他都不會放棄打壓我們。」

教皇堅持說：「不管如何，維持光明神殿運轉是我的任務，確保信徒遵守光明神的法則是審判騎士的任務，而鞏固信徒則是太陽騎士最重要的任務！所以『你』要負責解決這次的事件。」

「我知道。」

事關太陽騎士最重大的責任，我不禁慎重地點點頭，卻不忘警告這老頭。

「不過，我要你的保證，這次不管我怎麼做，你都絕對不准插手。」

教皇居然十分乾脆地回應：「成交。」

看來這次的事情果然嚴重了，不然這死老頭不會這麼爽快，每次發生事情，他總會偷偷插手，哪怕事情看來只有壞處沒有好處，他也有辦法從中榨出油水來，真不愧是長年維持光明神殿運轉的死老頭。

「對了！還有另外一件事情。」

教皇突然滿臉堆笑，這種笑容讓我頓時感覺非常不妙，難怪今天的奶茶特別多糖，教皇還特別好說話！

教皇明知故問：「你還記得魔獄騎士吧？」

「魔獄騎士，十二聖騎士之一，唯一一個被編入殘酷冰塊組，卻不聽從審判騎士的命令，而是聽令於太陽騎士的聖騎士，專門出一些不爲人知的暗地任務，也有人說他是十二聖騎士的專屬暗殺者，更有傳聞指出，在第一代十二聖騎的時代，魔獄騎士根本不是一個眞正的人，而是太陽騎士專門用來出祕密任務的裡身分。」

「你解釋得那麼清楚幹嘛？我知道魔獄騎士的由來啦。」

「不是你問我的嗎？」我沒好氣地回答，自己就只知道這段制式解釋，不說這個還能說什麼？

「我是要跟你說，魔獄騎士那邊出了點問題。」

我揚了揚眉，說：「魔獄騎士出問題應該和我無關吧？雖然照理說，他聽令於我，不過我從來就沒有見過他，早在他被選上魔獄小騎士時，不就被你派去臥底在王室裡面了嗎？」

教皇誠懇無比地說：「別這麼說，他好歹也是聽令於你的十二聖騎，又從小就被迫當臥底，現在出了事情，難道你捨得拋棄他不管嗎？」

死老頭！說得好像是我派魔獄騎士出去臥底似地，明明就是你把人家推入火坑！

我瞪著教皇，這死老頭別想把責任推給我，光是鞏固信徒的事情就夠讓人煩惱的了。

我和他大眼瞪小眼好一陣子，最後，他嘆了口氣說：「那好吧！如果你不管魔獄騎士，我就只好把他犧牲掉了，反正他本來就從沒出現過，就這麼無聲無息地消失反倒最容易解決——」

我勃然大怒，吼：「死老頭，我說過了，你想做什麼都無所謂，你的光明殿祭司死光了也無所謂，就是絕對不准動我的聖騎士！」

「當然，我不動。」教皇笑咪咪地問：「那麼魔獄騎士的問題？」

我狠狠地低吼：「給我魔獄的聯絡方式！還有，既然你把問題推給我，今後他就是我的了，你別想再要回去！」

教皇十分誠懇地回答：「這是應該的，他本來就是你的嘛！我保證以後絕對不會再插手他的事情。」

居、居然這麼乾脆嗎？魔獄騎士出的問題肯定不小！

想到這，我眞是一個頭兩個大，大王子打壓神殿、戰神之子要跟公主求婚，現在竟連魔獄騎士都出問題，麻煩事怎麼都正好擠在一起了？

「呵呵！」教皇好整以暇地端起茶來喝，感嘆：「眞難得可以看到無所不能的太陽騎士煩惱的樣子呢！」

我沒好氣地回話：「事情這麼嚴重，你還有那個閒情逸致來挖苦我。」

「挖苦？這可不是挖苦，是讚美！不管什麼事情，只要交到你手上，總是能萬無一失地解決——」

這時，外頭突然傳來震天大吼：「太陽、太陽！」

我和教皇都愣了一愣，緊接著聽見一連串又重又急的腳步聲，而且聲音越來越近。

教皇連忙把茶具掃進茶几的抽屜裡，幸好那裡頭早就墊著厚厚的布，隨時準備迎接茶具的降落。

我一口喝乾奶茶，也把茶杯扔進抽屜。

緊接著，教皇提著長袍下襬，急急地回到大書桌後方，又拿桌上的薄紗蓋住全身，然後端坐著不動。

我也趕緊站到大書桌前方，做出畢恭畢敬的姿態，卻特地讓嘴角的笑容顯得有點僵硬，若是有心人一看，就能發現我裝出的不悅。

我倆才剛站定位，下一秒就有人一腳把門踹開，沉重的木門甚至還撞上牆壁，發出第二次巨大聲響，我嚇一大跳，就連端坐不動如山的教皇都顫了顫身子。

誰那麼大膽，居然敢這麼用力踹教皇的門，就不怕踹壞要賠？

轉頭一看，原來是性子最火爆的烈火騎士，那沒事了，我只是輕輕斥責：「烈火騎士長，教皇陛下在此，你豈可如此無禮——」

烈火卻急忙開口打斷我，大吼：「你的副隊長出事了，快過去！他快斷氣啦！」

我一僵。亞戴爾……快斷氣!?

「在哪？快帶路！」

顧不上教皇和偽裝，我立刻拉著烈火衝出書房，讓他帶路。

我急忙跟著烈火來到光明殿的一間治療室，烈火一如往常地從不用手開門，他一腳踹開門，不大的治療室被我的太陽小隊塞滿，他們個個眼眶泛紅，一轉頭看見我就「隊長」、「隊長」喊個不停。

「隊你個頭，通通讓開！」

我用力推開兩個小隊員，往床上一看，亞戴爾靜靜躺在那裡，鮮血染紅一身騎士服，由於失血過多，臉色蒼白、唇色泛紫，他的雙眼緊閉，顯然已經失去意識，連胸膛的起伏都輕微到快看不出來，猛一看差點把我嚇死，幸好仔細端詳後發現人還有在呼吸。

艾德紅著眼眶解釋：「隊長，留守的祭司說治不好這種傷勢，所以他們去找更高級的祭司了。」

沒時間了！

我大略查看一下傷口，發現亞戴爾的主要傷勢是胸口三處劍傷，大腿還有一道深可見骨的傷痕，我立刻將雙手分別放在他胸口和大腿的傷處上。

「中級治癒術！」

先唸段簡短的咒語，施展出中級治癒術，這個等級的治癒術頂多能治療比較嚴重的割傷或者是骨頭裂開等等傷勢，當然不足以治癒亞戴爾的重傷，但可以稍微緩和他的傷勢，爭取一點時間。

施展高等治癒術需要先聚集大量聖光，緊接著還得唸長串咒語，將聖光轉為可以治癒傷口的治癒之光，如果剛才直接開始唸高等治癒術的咒語，我眞怕還沒等咒語唸完，亞戴爾已經把光明神的居所逛完一圈。

只恨自己早上出門時沒將太陽神劍帶在身邊，否則哪還需要這麼麻煩！

我低頭看著亞戴爾，對方仍是一副氣息微弱、隨時會斷氣的樣子，連忙再次施展中級治癒術，這才讓他的氣息稍微粗了些。沒有後顧之憂，我這才專心聚集聖光，唸起咒語將聖光緩緩轉換成治癒之光。

「終極治癒術！」

一施展完治癒術，我就看見亞戴爾睜開眼睛，他的神情有點茫然，但顯然已脫離命危的狀態，總算讓人放下心來，雖然即使亞戴爾眞的死去，也有起死回生術能夠讓他復活，但復活這種事情不可能不用付出代價，而且復活失敗的機率也不低……

「隊長！」

當兩名小隊員扶住我、亞戴爾更是慌張地從床上跳起來時，我才發現自己居然往後倒了，幸好太陽小隊的成員反應不是蓋的，要是直挺挺地倒地，接下來恐怕就換成我要躺床了。

唔！先是唱光明神曲，接下來用聖光幫羅蘭遮掩黑暗氣息，逛了滿久的街，現在又用這麼高等的治癒術，就算是我也真有點吃不消。

在小隊員的攙扶下站直後，我狠狠地瞪了亞戴爾一眼，低吼：「你給我躺下，不要以爲沒外傷就沒事，受過傷的事實是不會變的，與其讓你把自己操勞到躺下，乾脆我現在就打躺你！」

亞戴爾乖乖地躺回床上，一動也不敢動。

吼完，我氣喘吁吁好一陣子，轉頭喊了聲：「烈火。」

「啊？」烈火愣愣地看著我，顯然被我不優雅也沒有笑容的樣子嚇著了。

我勉強扯出笑容，微笑道：「太陽想要處理一下『隊務事』，麻煩你迴避一下，請記得幫太陽關上門，並告誡所有人不許進來。」

烈火看著我，不知爲什麼吞了吞口水，丟下一句「好，你保重身體」後就直接走出去，關門的時候甚至一反常態，小心翼翼地不敢發出太大動靜。

門一關上，我立刻揮開兩名小隊員的攙扶，自己走到一旁的椅子上坐下，冷冷地說：「現在來個人告訴我，到底發生什麼事情？」

「隊長……」亞戴爾掙扎著想從床上爬起來。

我低吼：「你給我安靜，不准開口說話，能睡著更好！艾德，你過來報告。」

聽到叫喚，艾德嚇了一大跳，但我原諒他，畢竟我還是第一次叫他的名字呢。

在旁人接連肘擊提醒之下，艾德才回過神來，有點緊張地開始敘述：「呃，我們在街上遇到傑卡斯，因為隊長你下的命令——」

「傑卡斯是傑蘭伯爵三子，還有隊長沒有下命令——」亞戴爾連忙補充，但補充到一半，卻想起自己被命令不准說話，他連忙用雙手捂住嘴。

知我者除了審判，還有亞戴爾啊！如果我不是趴在屋頂上偷聽他們說話，又去問暴風關於傑卡斯的身分，恐怕現在我真的不知道傑卡斯就是傑蘭伯爵三子。

「艾德，繼續。」我努力保持冷酷的隊長形象。

「因為隊長的命令——不、不！不是隊長的命令，是那個、那個……」

艾德支支吾吾說不出話來，急得都滿頭大汗了。

我聽他「那個」老半天，也「那個」不出一句完整的句子，只有無奈地看向亞戴爾。

亞戴爾一接收到我的眼神，立刻識相地放下捂住嘴的雙手，十分誠懇地哀求：「隊長，請您讓我說吧！我真的非常想說，不說的話，我根本沒有辦法好好休養。」

我嘆了口氣，搖著頭說：「真拿你沒辦法，既然這麼想說的話，那就讓你說吧。」

「感謝隊長！」

亞戴爾開始義憤填膺地敘述：「我們在街上遇見傑蘭伯爵三子，一看到他，我就回想起他曾經刺傷隊長的事情，而且還是從隊長的背後動手，簡直是卑鄙無恥到極點！」

真不愧是當了我五年副隊長的亞戴爾，睜眼說瞎話的功力絕對不是旁人能及，明明就是我逃跑的時候，被傑卡斯從背後射來的劍刺傷，居然也能說成他從背後偷襲我……

亞戴爾你真不愧是我的副隊長，我當初真是太有眼光了！

連太陽小隊的其他成員也用佩服的眼神看著亞戴爾，尤其是剛才結結巴巴說不出一句完整話的艾德。

「所以，我忍不住向他提出決鬥的要求，可是那名卑鄙的騎士卻不肯接受這場決鬥，反而找來幫手向我提出決鬥——」

我忍不住打斷亞戴爾的長篇廢話，直截了當地問：「到底是誰打傷你？」

亞戴爾深吸了一口氣，才說：「是戰神之子本人。」

我愣了一愣。戰神之子？那等級比我還高的傢伙？

我難以置信地低吼：「他提出單挑，你就答應了？他的身分這麼高，跟你提出單挑的要求本來就不合理，你根本沒有接受的必要！亞戴爾，身為我的副隊長，難道你就這麼愚蠢嗎？」

艾德立刻不平地說：「絕對不是因為亞戴爾蠢！隊長，那是因為——」

「艾德，別說！」亞戴爾急急地打斷。

「閉嘴！什麼時候輪到你作主了？」我暴怒地對亞戴爾吼完，轉頭命令艾德：「給我說下去！」

「是。」艾德老實地交代：「因為戰神之子說，如果亞戴爾不肯答應決鬥，那他就只好去挑戰隊長你了，可、可是……」

可是只要看過我拿劍的人都知道劍術是我最大的弱點。

我劍術不行的事情雖然沒有廣為流傳，但也算不上什麼祕密，只要稍微打聽一下就可以知道了。

所以，戰神之子早已打聽清楚我的劍術不行，以此來逼亞戴爾代我扛下決鬥，但他到底為什麼要這麼做？亞戴爾只是副隊長，而不是十二聖騎士，就算戰神之子打敗他也沒什麼好光榮的，甚至算是自貶身分了。

艾德氣憤地說：「那個戰神之子實在太過分了，刺了亞戴爾好幾劍，勝負都分了，他還不肯住手。」

其他小隊員也不平起來，開口告狀：「連我們想上前救援，都被戰神殿的戰士擋住！」

「戰神之子想殺死亞戴爾？」

我十分震驚。爲什麼他要這麼做？戰神殿在忘響國都還沒開始紮根，就打算惹上身爲地頭蛇的光明神殿了？而且還是殺死太陽小隊的副隊長這麼嚴重的事情，這種程度的梁子可不是大家笑笑來握手言和就可以解決的事。

艾德連連點頭，氣憤地說：「若不是皇家騎士來幫我們，那個戰神之子肯定會殺死亞戴爾。」

「皇家騎士出手阻止？」

我大感懷疑，皇家騎士可是大王子的屬下，而戰神殿也是大王子找來聯盟的，他們怎麼會阻止戰神殿的行動？

「是呀！是伊力亞領軍的皇家騎士。」

「等、等一下，伊力亞又是誰？」我感到十分迷惑，葉芽城什麼時候冒出這麼多不認識的傢伙來了？

亞戴爾連忙解釋：「隊長，伊力亞是皇家騎士中年輕一派的龍頭領袖，不過因爲他效忠的對象是公主，所以不怎麼得大王子的喜歡。」

另一個隊員跟著補充：「雖然伊力亞不得大王子喜歡，但是他的能力很強，在年輕騎士中的聲望又高，連大王子都常常把任務交給他去做。」

艾德嘿嘿一笑，神神祕祕地說：「而且傳說他和公主有一腿，與王后的交情也不錯，連大王妃，也就是大王子他老婆都常幫伊力亞說話，讓大王子頭痛得不得了。」

喂喂喂！你們到底是太陽小隊還是暴風小隊呀？爲什麼你們這麼熟悉八卦消息？活像有二十幾個暴風在我眼前聊八卦似地！

我頭痛地說：「這個伊力亞聽起來和暴風還眞像。」

艾德賊笑幾聲，嘿嘿說道：「就是說啊！隊長，伊力亞是暴風騎士長在仕女圈的主要競爭對手，暴風騎士長最討厭他了。」

「你們知道得還眞清楚。」我眞不知道是要佩服還是怎樣，我的太陽小隊是什麼時候變成八卦小隊了？

艾德眉飛色舞地說：「當然了，隊長，連暴風騎士長都常常來和我們交換八卦，或是確定八卦的正確度有多高呢！不是我要說啊！隊長，說到八卦消息，如果我們太陽小隊號稱第二，那連暴風騎士都不敢說他是第一吶！」

「原來我的太陽小隊平常都在講八卦——亞戴爾！」

「是！隊長。」亞戴爾立刻從床上跳了起來。

我惡狠狠地說：「以後太陽小隊每天早上都要繞著光明神殿跑一圈！」

收到命令，亞戴爾愣了一愣，神情似乎有點爲難。

「怎麼？辦不到嗎？你們還配稱爲聖騎士嗎？」

表面上，我還中氣十足地怒吼，心裡卻有點沒底，跑光明神殿一圈到底有多遠？說不定眞的很遠，畢竟光明殿加上聖殿有那麼多座建築，佔地是眞的不小。

這時，所有太陽小隊的成員都沉默下來。

看眾人的表現，似乎眞的很遠呀，搞不好跑一整天也跑不完，是不是該減爲半圈啊？不過現在命令下都下了，叫我怎麼收回，你們就不能來個人開口求饒嗎？

這時，艾德鼓起勇氣解釋：「隊長，你五年前剛和我們見面的時候，就下過命令要我們每天早上繞光明神殿跑一圈，然後三年前，因爲我們的體能成績輸給審判小隊，你非常生氣，所以發狠下命令要我們天天繞光明神殿一圈，那個時候，亞戴爾以爲您的意思其實是要加一圈，所以我們這三年來都跑兩圈，現在……」

「……現在我指的是再加一圈，有問題嗎？」

太陽小隊整齊劃一地喊：「沒有！隊長。」

「很好！現在除了亞戴爾以外的人通通給我滾出去。」

等到所有隊員都出去了，我站起來，緩緩走到亞戴爾身邊，雖然有點後悔剛剛沒搞清楚狀況就罵他蠢，不過身為隊長，這道歉還眞有點說不出口。

躊躇老半天，我還是決定不道歉，說不定道了歉反而會嚇到亞戴爾，還是把事情吩咐完就好了。

「我放你一個禮拜的病假，但你盡量別出聖殿，讓太陽小隊也盡量別出去，眞的要出去就穿便服，不要穿太陽小隊服，還有你最近要多睡覺，多吃點蛋和肉，多喝牛奶，少做激烈運動。」

亞戴爾愣了下，露出笑容，高聲喊：「是，隊長。」

喊完，他卻露出突然想起來的神色，連忙問道：「隊長，那麼每天繞光明神殿跑三圈的訓練該怎麼辦？」

我想了一想，吩咐：「你躺在床上休息就好，其他人就先用清掃聖殿來代替跑步。」

「是。」亞戴爾點了點頭。

說完，我還是有點不放心，亞戴爾這傢伙做事盡責又細心，雖然這點讓人放心，但也讓人擔心他會不會像暴風一樣，遲早會過勞死。

「我剛剛說的所有事情都是命令，一定要遵守，聽見了沒有？」

亞戴爾笑著回答：「是，隊長。」

我點點頭，站起身打算離開讓亞戴爾可以好好休息，走到門口時，一個遲疑停下腳步，沒回過頭，背對著將最大的疑惑問出口。

「亞戴爾，在什麼情況下，你會放一名死亡領主離開？」

後方一陣沉默，隨後傳來回應。

「當您也曾放他離開的情況下。」

原來如此，竟然被發現了。我笑著搖了搖頭，眞不愧是我親自選的副隊長。

# 太陽騎士每日第五行

「解決同袍困難。」

俗話說的好，打狗也要看主人！

亞戴爾怎麼說也是我太陽騎士的走狗——不！是下屬，而且，他還是領頭的那隻——咳，那位下屬！

你個不長眼的東西居然敢對他動手，我管你是什麼戰神之子，照樣把你當龜兒子整！

基於報仇這種事情不但要從長計議，要神不知、鬼不覺，還要讓對方死得非常難看，卻又不知道該找誰報復，所以，我決定——先來解決魔獄騎士長的問題再說。

照教皇給的聯絡方式約出魔獄騎士後，我來到約定地點，邊等邊培養等等要用的誠懇表情，一定要誠懇到讓對方不忍心給我帶來麻煩才行，我最近的麻煩已經夠多啦！

沒過多久，一個人朝我走過來，我面帶微笑地看著他過來，這段時間還順便打量一下這傢伙，他穿著標準的皇家騎士服，腰間掛的劍卻不是皇家騎士統一分配的劍，而是一柄等級更高的劍，看起來在王室應該混得不錯。

整個人的長相和氣質也很不賴，是種萬能型的英俊，什麼？你問什麼叫作萬能型英俊？

所謂的萬能型英俊，就是這個男人英俊歸英俊，但還不至於帥到讓其他男人一看到他就想掐死他，好讓自己少掉一個未來情敵的程度。

而且在仔細觀察過萬能英俊男之後，還能找到不少缺點，譬如眉毛不夠濃或臉型不夠方正，然後就覺得他其實也沒多英俊，接著就為自己一開始展現的敵意感到愧疚，最後和他稱兄道弟起來。

雖然仔細端詳後男人會覺得他也沒多帥，可他的帥卻又恰好讓女人有足夠的遐想空間。如果是喜歡可愛型帥哥的女人，至少可以在他臉上找到那雙可愛的大眼睛；要是喜歡成熟型帥哥的女人，就會自動靠到他寬厚的胸膛上；或者是男人不壞、我就不愛型的女人，會愛死他那抹玩世不恭的笑容。

什麼？那些眉毛不夠濃和臉型不夠端正的缺點呢？

兄弟，你對女人也太不了解啦！難道你沒聽過，男人挑女人的缺點，女人找男人的優點嗎？

只要讓女人找到令她著迷的優點，那缺點通通都會連帶變成優點，譬如眉毛纖細有型，臉型歪一邊簡直太有特色啦！

總結下來，萬能型英俊又別名通殺型英俊，最強大的技能是人見人愛，就算狗見了都會上前搖搖尾巴。

此種人簡直適合任何職業，尤其是推銷商品和詐騙，當然，臥底也是非常合適的工作。

我忍不住讚歎，前任魔獄騎士真是太有眼光了，居然能從一堆十歲小孩中挑到未來會成為這種萬能型英俊的特有種男人。

這時，萬能型英俊男已經走到面前，我立刻展開笑顏，熱情地打招呼：「光明神庇佑，太陽終於有幸與你見面，魔獄兄弟。」

「太陽騎士，怎麼是您？」對方顯得很是驚訝。

我微微一笑，解釋：「教皇陛下告知太陽，魔獄騎士長你似乎有什麼困擾，基於同樣是聖騎士，或許太陽比較能夠理解你的困擾，因此改由太陽前來。」

對方苦笑道：「請您不要叫我魔獄，好嗎？」

我正感覺這話不妙的時候，魔獄騎士深呼吸一口氣，下定決心說：「我不是魔獄聖騎士長，我只是一名皇家騎士！」

教皇你這死老頭！我就知道你會丟掉不要的東西肯定是燙手山芋！

我露出淡淡的哀傷，疑惑道：「魔獄騎士長你何出此言呢？難道，光明神殿有什麼缺失讓你有所不滿，以至於要拒絕擔任魔獄騎士。」

如果讓我知道是教皇虐待你、逼你不得不離開的話，那他就死定了！

「不，請不要誤會，神殿對我很好，只是……」

至此，魔獄騎士深深地嘆了口氣後，才緩緩開口敘述。

「我當初選上魔獄騎士，只接受聖殿一年的特訓，後來卻在王室擔任將近十二年的皇家騎士。我有兩位老師，一位是聖騎士老師，他花了一年的時間訓練我，此後聚少離多，另一位是皇家騎士老師，他認眞地教導我十年，最近才退休遠遊。」

「雖然大王子並不喜歡我，但卻也從未對我做過任何不公不義之事，甚至還將一些重要任務交給我去辦，而王后一直十分愛護我，公主和我打小就是玩伴，大王妃更是多次出言維護我。」

「更不要提我的騎士同袍，那都是從小認識到大、甚至一同出生入死過的夥伴，而相反地，聖殿的十二聖騎士，我卻一個都不認識！」

說到此，他苦笑地看著我，反問：「您能明白我的意思嗎？太陽騎士，我、我不認識光明神，不認識聖殿，甚至不認識十二聖騎士，相反地，王室才是我的歸屬，皇家騎士才是我眞正的同袍！」

聽完，我不禁揪起眉頭，怪不得教皇老頭想殺他，一個決定加入敵人陣營的臥底比什麼都危險，若是他對大王子坦白一切，那事情就有得瞧了。

我沉默思考該怎麼做的時候，魔獄騎士突然緩緩後退好幾步，低聲說：「我沒有告訴大王子任何事情，但是公主殿下知道一切，她是不會透露出去的，可她說只要我出事，不管是出了什麼事情，她會一律算在光明神殿頭上。」

要命！我連忙抬起頭來，露出誠懇的笑容解釋：「請不要擔心，或許你有所聽聞，我並不擅長劍術，即使動手也打不贏你，而你可以看見我沒有帶任何人前來赴約。」

「喔、喔！很抱歉。」

聞言，魔獄騎士停下後退的腳步，瞬間紅了臉，十分不好意思地道歉：「我不是故意要懷疑您的，可、可公主她說，也許聖殿會把我滅口，呵呵！回頭想想，太陽騎士怎麼可能做出滅口這種事情，一看到是您前來的時候，我就該明白神殿對我沒有惡意才對，眞是非常抱歉。」

好聰明的公主啊！看來公主殿下也不是省油的燈，而且還強調魔獄騎士不管出什麼事情都算在神殿頭上，看來她也知道世界上有很多「意外」其實應該要歸類到「人禍」。

「請你給我一點時間思考該如何解決這件事情。」

我用上百分之百的誠懇語氣請求：「也請不要再將此事透露給任何人，如果這件事情傳到大王子耳裡，那麼，神殿和王室之間就不得不對立了，我相信同時待過神殿和王室的你，並不希望看到這種情況發生。」

魔獄騎士點了點頭，非常同意地說：「是，雖然時間不長，但我的聖騎士老師也對我十分地好，雖然我決定效忠王室，但絕不會做出危害光明神殿的事情來。」

我點點頭，相信他說的話，倒不是因爲他的承諾本身，而是這件事情若被揭發出來，對他自己也是壞處多過好處，一個曾當過臥底的人是很難重新得到信任的。

這事眞的難辦，若就這樣把魔獄騎士「放生」到王室之中，彷彿是在光明神殿底下埋了一張隨時會爆炸的魔法卷軸，危險性十足，不知道哪天會被大王子發現這件事情，而神殿卻恍然無知。

不放手的話，他都攤牌說不願當魔獄騎士了，我還能怎麼樣？

就算想要幹掉他一了百了，偏偏有位聰明的公主當他的盾牌，讓人不能輕易下手。

教皇死老頭！你做的爛攤子居然要我來收，你給我等著，我遲早會跟你收回這筆債。

♣♣♣

一路走回神殿、進到自己房間、調好面膜、敷到臉上後，我還是沒想到該怎麼解決魔獄的事情，只好躺到床上，正想一邊敷臉一邊繼續思考解決方法時——

叩叩叩！

「……差點忘記每次敷面膜的詛咒。」

我撐起身來，揚聲：「敢問是哪一位聖騎士兄弟，在光明神的溫柔耳語提醒之下，前來與太陽一同探討光明神的仁慈？」

門外傳來審判的低嗓音：「是我。」

「喔，那直接進來吧。」我懶洋洋地躺回床上，來的人是審判就再好不過了，他老早就被我的面膜嚇過好幾次，根本不須僞裝。

一走進來，看清我的模樣後，他就僵住了。

我好奇地問：「粉紅色總比綠色好多了吧？」

審判皺緊眉頭打量著我的臉，最後下評斷：「綠色是一開始看到時嚇人，看久了以後，粉紅色倒是更噁心些。」

「那我知道了，下次就敷半臉粉紅色和半臉綠色，讓你先嚇到後噁心。」

審判笑了出來，搖頭說：「你還有時間敷臉，最近的麻煩應該不少吧。」

「怎麼說？」我把手枕在腦後，懶洋洋地反問。

照理說，審判唯一知道的麻煩應該只有亞戴爾受重傷的事情，除非教皇老頭把魔獄騎士的事告訴審判，但依我對老頭的認識，他應該沒這麼勤勞把一件事情說兩遍，尤其審判並不擅長處理這類狀況，告訴他也沒有什麼用。

「戰神殿來了，不管他們來的主要目的是什麼，最終都是爲了擴展勢力範圍及增加信徒。」

說到這裡，審判看了我一眼，卻又立刻轉開視線，估計粉紅色面膜眞的滿噁心。

他像是說明又像是提醒：「而鞏固信徒一向是太陽騎士的責任。」

「我知道，就是因爲最近太忙了，所以我才一邊敷臉一邊思考如何鞏固信徒的問題，節省時間。」

「我想你只會睡著。」審判十分簡潔地下結論。

知我者審判也！

我立刻說：「那爲了不讓我睡著，你就陪我思考吧！」

審判搖了搖頭，拿出一個白色的小布袋子，上頭繡著金色的太陽騎士標誌。

「不行！我還有好些罪犯沒審問，只是過來把寒冰的藍莓巧克力交給你，他說你可以把這個袋子放在身上，裡面的甜點若沒了就找他要，以後就不會餓肚子了。」

寒冰啊！你眞是個賢妻良母，如果你是女的，我一定娶你！

我爬起來接過那個小袋子，打開一聞，濃濃的甜香味撲鼻而來，好香啊！

忍不住吃了一顆，這才依依不捨地從小袋子中抬起頭來，卻看見審判還眞的要走了，我連忙丟出一堆問題。

「戰神殿想殺亞戴爾，不但由戰神之子親自下場決鬥，甚至還用我來威脅，如果亞戴爾不跟他決鬥，他就要挑戰我了。」

說到這，我忍不住帶著氣憤的語氣：「即使決鬥的勝負都分了，戰神之子卻還不肯罷手，似乎想殺死亞戴爾，甚至阻止太陽小隊的救援，最後，亞戴爾卻是被一個叫作伊力亞的皇家騎士救下，這些事情可以讓你推論出什麼嗎？」

聞言，審判果然停下腳步，靜靜地思考，這就是他長年審問罪犯的職業病，聽到疑點就反射性思考幕後眞相。

見狀，我丟了幾顆巧克力到嘴裡，然後躺回床上，有寒冰的藍莓巧克力吃、有床可以躺，還有人幫我思考問題，人生有比這個更舒服的事嗎？

審判緩緩地開口：「我想，有一個可能性——太陽，醒醒！」

「別吵啦，睡個覺也吵不停……」

我不滿地抱怨，翻了個身，隱隱約約聽見一個低沉到不行的聲音一字一字地喊「格里西亞．太陽」，這種超級重低音只有在審判非常惱怒的時候才能聽見！

我連忙張開眼睛，一眼看見審判黑如鍋底的臉色，嚇得立刻從床上彈起來，直喊：「我醒了、我眞的醒了！」

審判懷疑地看著我，我連忙端坐在床上，做出一副認眞聽講的好學生模樣。

這時，他才肯繼續說下去：「我想，他們想殺亞戴爾，或許和你學會的起死回生術脫不了關係。」

「起死回生術？」我一愣，疑惑地問：「但他們怎麼會知道我學會起死回生術了？」

「雖然你學會起死回生術的事情並沒有大肆宣揚，不過，我們光明神殿和戰神殿這兩大信仰位處鄰近，又彼此不合，即使互相埋伏幾名間諜在對方那裡探聽事情，也是十分正常的事情。」

聞言，我點了點頭表示理解，畢竟我們不也埋下魔獄這個間諜在王室之中嗎？連關係友好的本國王室都有我們的間諜，更沒道理放過最大的競爭對手戰神殿。

既然連口口聲聲仁慈的光明神殿都到處埋間諜，戰神殿恐怕埋得更多。

「我想，他們要殺亞戴爾這件事情，大概是想確定你是不是眞的學會起死回生了，雖然你說學會了，但誰都沒有看過你眞的施展出來。」

說到這，他停了一會兒，有點遺憾地說：「如果你早一點學會，當初就可以施展在你的故友羅蘭身上。」

這話題扯得有點遠，我有點反應不過來，愣了一愣後才回答：「那是不可能的！起死回生術的限制很多，其中一項就是要在死後八小時內施展，如果施展在死亡超過八小時的人身上，將會導致可怕的後果。」

「可怕的後果是什麼？」審判有些好奇地詢問。

我深呼吸一口氣後才回答：「復活以後……不！那根本不能叫作復活，簡言之，那個人的身體會像屍體一樣繼續腐爛下去，但人卻會繼續『活著』，直到身體爛光，或者被人砍頭後才會死。」

聞言，審判都震驚了，脫口而出：「那不是幾乎像個不死生物了？這怎麼能叫復活？」

「嗯，單純就法術本身而言，起死回生術和製造不死生物確實很像同一個法術，但復活術必須在死後八小時內施展，製造不死生物則是『八小時以後』施展，而且死靈法師會為屍體做防腐處理，所以那些不死生物不會繼續腐爛下去，死靈法師也會控制那些屍體，好讓它們乖乖聽話。」

審判皺著眉頭問：「那豈不是每一個死靈法師都會起死回生術？」

「不。」我搖了搖頭，仔細解釋：「要把一具屍體變成聽話且會動的傀儡很簡單，但要復活屍體可就太難了，死亡內八小時還是最簡單的條件，另外還需要非常強大的聖光能力，光是這一點，死靈法師就無法辦到。」

審判臉色緩和下來，點點頭表示了解。我能理解他的擔憂，起死回生術這種強大的能力若是掌握在錯誤的人手裡，後果實在不堪設想。

「復活失敗的機率其實非常高，還有復活勢必要付出『代價』，總之我只能告訴你，你最好不要有機會讓我對你施展起死回生術，因為我可不敢肯定你活過來後，身上會不會少了什麼零件，或者更糟……」

審判臉色一變，低喊：「更糟？難道會變成不死生物嗎？」

我老實地回答：「那倒不至於，只要是在死亡八小時內的人都不會變成不死生物，只是有可能會少了很多身體部分，或者是多一點東西出來，例如頭上多出兩根尖角、屁股多條尾巴、是男人卻多了兩顆乳房、是女人卻多了根——」

「夠了！」審判深呼吸一口氣，搖頭說：「這起死回生術聽起來似乎很不穩定。」

我點了點頭，理所當然地說：「當然了，要是復活很簡單，那誰願意死呢？順便告訴你，雖然教皇沒說他會起死回生術，但他其實不是不會，只是完全復活的機率很低，低到他根本不敢施展，因爲不知道會發生什麼嚴重後遺症。」

「完全復活？」審判提出疑問。

「就是沒有任何副作用的復活。」我嘆了口氣說：「我大概有四分之一的機率可以讓人完全復活吧，這就讓教皇老頭羡慕得要死了，他說這是他聽聞過最高的完全復活率。」

審判點頭表示了解，然後繼續他的推論。

「我想戰神殿是怕你掌握起死回生術，會讓各國領導人將國內的信仰改成光明信仰，如果有你的起死回生術，他們就不需要害怕死亡了。」

我搖了搖頭，說：「那是他們誤解了，起死回生術對於老死或者病死的人根本沒有用，老死的人復活後會馬上死亡，因爲他本來就到了該死的時候。病死的人也一樣，就算復活了，他的病不會因此消失，只會再死一次。害怕被人殺死或病死，不如多請幾個高強的騎士、祭司和藥師，讓他們把自己保護好還比較有用。」

「你說的對。」審判點了點頭，卻又提醒道：「但連我都不清楚起死回生的種種壞處，更何況是戰神殿？」

聞言，我總算解開一個謎，原來戰神殿要殺亞戴爾，是為了要確定我是否眞的掌握起死回生術，這手段可眞夠狠的了！

雖然解了個謎，但我好像沒有因為了解事情眞相而解決困難，反倒多出一件要解決的事情。

該怎麼讓眾人知道起死回生術不是那麼好用的？要不然，若是那些大人物死掉，通通跑來找我復活，我還有好日子過嗎？

審判繼續解謎道：「至於伊力亞救下亞戴爾這件事，伊力亞名聲不錯，他應該是根據正義理念出手的。」

「你知道伊力亞？」我有點好奇地問，怎麼這麼多人認識這傢伙啊！他眞的那麼有名嗎？

審判點了點頭後說：「伊力亞在皇家騎士中名聲很高，而且他交遊廣闊，認識不少聖騎士，我沒有直接認識他，但我的審判小隊有好幾人和他熟識，況且……」

他突然停下話來，瞄了我一眼，又繼續說：「你的太陽小隊似乎與伊力亞十分熟悉，他會出手救亞戴爾，並不是什麼奇怪的事情。」

「為什麼我的太陽小隊會和皇家騎士很熟？」我有點不滿地喊，他們的頭頭我和皇家騎士的頭頭大王子都快鬧翻了，他們居然跑去和人家的手下混得這麼熟。

審判緩緩地開口反問：「這不是應該問你嗎？太陽小隊的隊長？」

我啞口無言，只好趕緊說：「我去問亞戴爾——」

審判立刻打斷我的話，帶著責備的語氣說：「亞戴爾很聽你的話，最近都躺在床上休養，既然如此，你這個隊長至少在他療養的這段時間，好好負起原本屬於你的責任！」

嘖！居然害我被審判罵了，這筆帳我一定要記在——就記在戰神殿頭上！

我有點負氣地說：「好啦、好啦！那我現在去問其他人。」

說完，我立刻跳下床，打理下衣服後就要推門出去……

「太陽！」

我沒好氣地轉頭問：「幹嘛？我都說不問亞戴爾了。」

「你沒洗臉……」

♣♣♣

曾經，我有個萬能的副隊長，卻不知道好好珍惜他，直到失去他以後，我終於發現他有多珍貴——沒了亞戴爾，我居然連自己的太陽小隊在哪裡都找不到啊！

好不容易從暴風口中問到他們可能在城東的葉芽酒館後，我立刻氣呼呼地衝出去。這些混帳傢伙！我不是警告他們盡量不要出聖殿嗎？

還沒走到酒館，我就順利在街上攔截下所有的太陽小隊成員，他們個個穿著便服，懶洋洋地走在街道上，一見到我，還高興地笑著跟隊長打招呼呢！

我呵呵地笑，輕輕舉起食指比了比一旁的巷子，比完後就自己先走進去，太陽小隊當然不敢不跟著進來。

艾德興沖沖地問：「隊長啊！是不是要圍毆人？」

我沒理會艾德，只是笑著對全體小隊成員說：「太陽記得曾經告誡過各位弟兄，最近盡量不要出聖殿？」

敢把我的話當耳邊風！我看你們一個個都忘記自己當初跳懸崖是誰下的命令，看來還是不能把一切都交給亞戴爾，我確實應該好好當個負責任的隊長！

太陽小隊真不愧是我的小隊，立刻從我異常燦爛的笑容中嗅出危機，個個臉色大變，瞬間從懶洋洋的痞子模樣變成站姿筆直的可靠聖騎士。

我收起笑容，冷冷地朝著最近的艾德一瞪，他結結巴巴地解釋：「隊、隊長，我們有穿便服，沒、沒穿太陽小隊的制服！」

「然後二十幾個人成群結夥出來？」我笑著說：「原來如此，那的確不用擔心，戰神殿的戰士們都只會打架，根本沒有長眼睛，或許眞的認不出你們呢！」

話說完就看見二十幾個大男人在我面前瑟瑟發抖，二十幾個男人你用肘子拐我我用腳尖踢你，活像二十幾個犯錯的小女孩在媽媽面前不敢發聲，看得我眞想把他們通通踹下懸崖。

在眾人的肘拐腳踢之下，艾德又被推出來，抖著嘴唇解釋：「隊、隊長，我、我們眞的有聽話，這幾天還是第一次出聖殿，因爲我們約伊力亞去酒館，要請他喝一杯，感、感謝他救了亞戴爾。」

「原來是這樣！」我恍然大悟。

見狀，太陽小隊紛紛露出鬆一口氣的表情時，我一把揪住艾德的衣領，低吼：「這讓我想起另外一件事情，聽說你們本來就跟伊力亞很熟了是吧？以前那肥豬國王搞出的爛攤子讓我收拾得一個頭、兩個大，現在更是被大王子弄得頭有五個那麼大，你們倒好啊！居然敢背著我，偷偷和敵人的下屬私通！」

「我們沒私通啊！隊長。」艾德都快哭出來地說：「我們認識伊力亞，那是因爲我們圍毆過他。」

「你們幹嘛沒事跑去圍毆他？」

這絕對不是我下的命令，伊力亞這名字我連聽都沒聽過，絕對不可能下命令讓太陽小隊去圍毆他——上次傑卡斯的誤會不算數！

艾德哭喪著臉解釋：「那、那是因為我們打錯人，而且打完才發現打錯了，只好趕快幫他療傷，請他喝酒當作道歉。」

難道這就是所謂的不打不相識嗎？但一般來說，那是指兩個人互毆，而不是集體圍毆一個人吧？

我無言了一會，斥罵：「連圍毆都會搞錯人，真不知道你們是怎麼選上太陽小隊！」

艾德小小聲地抗議：「隊長，我們那時候是第一次圍毆人嘛！總有犯錯的機會吧？」

我冷冷地教訓他：「如果你們打錯的人是我，那放心好了，你們也只會有那一次犯錯的機會！」

艾德連忙陪笑地說：「隊長，我們怎麼可能錯打您呢？您是這麼的天妒英才、金光閃閃瑞氣千條（小隊員一號補充）、唇紅齒白（小隊員二號補充）、膚若凝脂（小隊員三號補充）、回眸一笑百媚生（小隊員四號補充）……」

「閉嘴！」我翻了翻白眼，回頭得叫亞戴爾加強一下隊員的語文教育，看看他們說的這些都是什麼形容詞？真是混帳東西！

「隊長。」艾德小心翼翼地打量我的臉色，聲若蚊蚋地問：「那我們可以去找伊力亞嗎？約定的時間都過了。」

我思索了一下，打聽到現在，那個伊力亞應該是真心去救亞戴爾，沒有摻雜任何陰謀詭計，既然如此，身為隊長的我也應該去感謝一下人家才是。

如果亞戴爾真的被打死了，逼我不得不對他施展起死回生術的話，誰知道復活後的亞戴爾會不會少了什麼零件？或者更糟，多了個什麼東西出來。

多了角或者尾巴都還不要緊，那樣說不定更有型！

但他要是多出一副乳房出來，那我可就沒副隊長了——就算亞戴爾再能幹，如果他挺著一副晃來晃去的巨乳朝我跑過來，我也照樣把他踹下懸崖！

想像了下挺著一副乳房的亞戴爾，我更覺得自己應該好好感恩伊力亞才是，連忙對小隊員說：「跟人家約定的時間都過了，還不快點走？別讓人家久等了。」

跟著太陽小隊來到葉芽酒館，這種地方對我來說非常陌生，畢竟再怎麼說，我也是號稱三杯就倒的太陽騎士，當然不能來酒館喝酒。

只有找人——為了打聽消息，只好跑遍全城找暴風，最後在酒館找到爛醉如泥的他，打上十幾個巴掌才把他打醒過來，那也是我第七次惹火他；還有路過——在街上和不死生物搏鬥，被打飛後撞破一間酒館，這兩種狀況下，曾經接觸過酒館而已。

身爲隊長，我率先走進去，酒館內的人先是不以爲意，後來三三兩兩好奇地轉頭打量，這一轉頭，視線就紛紛定在我身上了。

我左右打量這間酒館，裡頭客人不少，環境不算髒亂，但也遠不到整潔的程度，不過空間倒是挺大，除了大廳，周圍還有許多隔間，旁邊有道階梯，看起來似乎有二樓。

打量到酒館的吧台時，一個坐在吧台邊獨飲的男人引起我的興趣，他的背影讓人有種很眼熟的感覺，我肯定在哪裡看過這背影！

而且還想不出這背影的正面是什麼樣子，所以應該只有看過背影，卻沒看過正面，這才是最奇怪的地方，爲什麼我會特別記住一個背影呢？

這時，突然有個人大叫：「我是好人，不要抓我啊！」

有這句話開頭，酒館裡的人紛紛大叫後開始搶著懺悔。

「我沒偷隔壁阿花的內褲，那是被風吹走的！」

「我喝酒都有付酒錢，沒尿遁過！」

「我沒在光明神殿的牆壁上塗鴉啊！眞的沒有！」

艾德和其他太陽小隊成員連忙跳出來解釋：「大家冷靜一點，我們不是來抓人，只是來喝酒而已！」

「騙誰啊！誰都知道太陽騎士不會喝酒！」

「就是說啊！聽說他喝一杯就臉紅、兩杯就頭痛、三杯就會倒了。」

「這種酒量簡直不是個男人——不是！我什麼都沒說啊！」

見狀，艾德情急之下，大吼：「隊長他只是來湊熱鬧的啦！」

「艾德。」我喊了一聲。

艾德臉色大變，連忙對我解釋：「隊長，剛剛那句不是我的眞心話，眞的！」

你不補充說明的話，我還會比較相信那不是你的眞心話！

努力忍住想翻白眼的衝動，我現在可是永遠保持笑容的太陽騎士，絕對不能做出翻白眼這種怪表情！

我比著吧台邊的背影，說：「請那位好風采的騎士過來喝一杯吧！」

艾德一看過去就恍然大悟地說：「喔，隊長，原來你也認識伊力亞嘛。」

什麼？那就是伊力亞？

不等我反應過來，艾德已經小跑步到那人身邊，拍了他一下，痞痞地說：「嘿！伊力亞，我們來啦！沒等很久吧？」

那人沒好氣地回答：「是呀！才等了半小時呢，比以前動不動就等上一小時要好多了，還眞讓我不知道哪方才是來道謝的。」

「哈哈哈！別計較嘛！」艾德用力拍了拍對方的背，熱情地招呼：「來來，我給你介紹一個人。」

「誰？」他有點好奇地問。

這時，我走到那人的背後，他似乎也發現背後有人，一個轉身，我倆臉上的笑容一齊僵住。

「這是我們隊長，大名鼎鼎的太陽騎士。」艾德笑嘻嘻地跟他介紹我，然後又跟我介紹他：「隊長，這位就是伊力亞。」

我深呼吸好幾口氣，才有辦法露出完美的燦爛笑容，十分有禮地打招呼：「初次見面，你好，伊力亞騎士。」

那人在我提醒之下，終於回過神來，連忙回話：「你、您好，初次見面，太陽騎士，眞是抱歉，一時被您的風采震懾住了。」

我們兩個的笑容一個燦爛一個爽朗，不過，大概只有我和他兩人內心知道對方其實是在苦笑。

這是我第一次見到伊力亞沒錯，不過，卻是第二次見到「魔獄騎士」。

原來，伊力亞就是想不幹的魔獄騎士！

難怪我會覺得眼熟——不對！我早就見過魔獄的正面了，怎麼會對他的「背影」特別熟悉，甚至聯想不出正面長什麼樣子呢？

什麼？你說，有可能是我記錯了？

怎麼可能！

不是我要說，我這個過目不忘的記性連十三年前的賭盤機率都一清二楚，怎麼可能會記錯事情呢！頂多是隨機忘記而已，例如昨天暴風才提醒過隔天要開會，但是不知道爲什麼，我就是會忘記，眞是怪了！

在我滿肚子疑惑時，女侍已經過來招呼了，我們一行人被帶領進距離大廳最遠的包廂中。

一進到包廂，艾德立刻轉頭說：「隊長，這個包廂是我特別預定的，很隱密，就算高聲說話都不用怕會被外頭聽見。」

「隱密？」現在我滿腦子都是魔獄騎士的背影，一聽到這詞，猛然一個靈光閃了過去，但卻又有點模模糊糊想不出來，讓人更苦惱了。

「是呀！」艾德嘿嘿一笑，拊在我耳邊輕聲說：「甚至還有密道可以偷偷離開呢。」

密道！我想到了、我眞的想到啦！

就是在密道中看到的那個背影！

當初爲了羅蘭的事情，我曾經潛入王宮的密道，途中不小心撞見公主和一個男人正在親吻的場景，那時的男人正好背對著我，所以我只看見他的背影，不知道正面是什麼模樣。

而那個背影就是伊力亞！原來和公主偷情的男人就是伊力亞，而伊力亞就是魔獄騎士！

難怪公主會那麼罩著對方，原來根本是在保護心愛的男人！

魔獄騎士竟然和公主有一腿？我皺起眉頭思考，這到底是好還是壞……呵！

哈哈哈！當然是好得不得了！一定是光明神的庇佑，這下有法子阻止戰神之子迎娶公主啦！哈哈哈哈哈——

「隊、隊長？」艾德小心翼翼地問道。

我帶著濃濃的笑容，心情好極了，和顏悅色地反問：「嗯？什麼事？」

艾德緩緩地後退兩步，吞了吞口水，戒慎地問：「那個，女侍要點菜了，隊長您有沒有什麼想吃的東西？」

我笑咪咪地說：「來兩盤牛肉和十瓶烈酒！」

女侍點了點頭，就出去張羅飯菜。

艾德抓了抓頭，說：「隊長，我們這麼多人，兩盤牛肉不夠吃吧？」

「呵呵，誰說要一起吃了？我和這位伊力亞騎士要好好聊聊，你們通通去隔壁吃吧！」

聞言，艾德和所有太陽小隊的成員都愣了一愣，伊力亞更是露出警戒的眼神。

「別擔心，我只是想要好好地感謝一下伊力亞騎士而已。」說完，我低聲跟太陽小隊眾人罵道：「還不快給我滾！是骨頭在癢，想跳懸崖斷幾根止癢？」

「……」

艾德馬上轉身大力拍了拍伊力亞的背，笑著說：「伊力亞，你就好好和我們隊長聊聊吧！我們最後再過來。」

看在朋友一場的份上，過來幫你收屍！不知是哪個太陽小隊隊員的心聲不小心嘟噥出來了，所有人臉上盡是哀嘆的表情。

我看著太陽小隊用一種「永別了」、「我們對不起你」之類的表情和伊力亞道別完後紛紛走出包廂，這時，女侍正好進來，放下十瓶酒和兩盤牛肉，還偷瞄我和伊力亞好幾次才捨得出去。

「太陽騎士……」伊力亞小心翼翼地開口叫。

「嗯？」我一邊笑，一邊把桌上的十瓶酒全開了。

「你的心情看起來似乎很好？」他有點警戒又有點莫名其妙地問。

我「哈哈」笑著說：「是呀！非常好！」

聞言，他皺起眉頭，問：「和我有關嗎？」

「當然有了，我突然想到辦法來解決你的另一個身分。」

我像個惡魔般輕聲誘惑地說：「如果你肯答應幫忙做件事情，讓我對教皇有個交代，從此以後，你就不再是魔獄騎士，可以安心去當你的皇家騎士。」

伊力亞先是一喜，隨後又立刻沉下臉來，懷疑地看著我，嚴正地說：「我不背叛王室。」

「放心吧！絕對不會讓你背叛公主，而且還對你和公主有大大的好處。」我笑咪咪地說——不過，可能會小小背叛一下大王子殿下就是了。

伊力亞半信半疑地看著我，問：「要我做些什麼？」

我抓起一瓶酒，招呼道：「哎呀！公事待會再說，來來來，先來喝幾瓶酒吧，我先乾爲敬！」

一口喝乾一瓶酒，抹了抹嘴角的酒沫，抬起頭就看見伊力亞一臉目瞪口呆，我笑了笑，搖搖空酒瓶，說：「換你了。」

伊力亞看了看桌上剩下的九瓶酒，臉色猛然刷白。

♣♣♣

約莫兩小時後，我看看時間也差不多了，就讓女侍去把艾德等人叫回來。

他們一進來，看到伊力亞趴在桌上、完全不醒人事的模樣，大驚失色，艾德急急地問：「伊力亞他怎麼了？隊長，你該不會真的殺人滅口了吧？」

我微笑地解釋：「胡說什麼，他只是喝醉而已，伊力亞騎士真是好酒量啊！一個人就喝掉十瓶酒呢！」

「十瓶？」

眾人的嘴都圓成一個O形，艾德結結巴巴地說：「怎、怎麼可能？這可是『一瓶醉』！喝完一瓶後還不醉，都算是能喝的了，即使是伊力亞，最多也只能喝上一瓶半就醉得連路都走不了，十瓶會喝死人吧！」

我皺起眉頭來，原來這酒有這麼烈嗎？難怪伊力亞會「啪」的一聲撞在桌面上，然後就怎麼搖都搖不醒了。

事到如今，我只好裝模作樣地嘆口氣說：「都怪我們聊得太愉快了，讓他不知不覺喝掉十瓶，早知道就該阻止他的。」

眾人還是一副完全不敢相信的樣子，但我也懶得再解釋，反正太陽小隊也沒人敢開口質疑他們家隊長。我直接吩咐：「我還有點事情要做，就先走了，你們記得送伊力亞回去，別讓人家睡在這裡，會著涼的。」

艾德和眾隊員們表情呆滯地點了點頭。

我背對眾人離開，忍不住舔了舔嘴唇，想不到這一瓶醉還真不錯喝，早知道剛才就不要分兩瓶半給伊力亞了，害我沒喝夠！

等等想去拜託羅蘭一點事情，乾脆就把他帶來這裡，我用太龍的身分和他繼續喝，就這麼辦！

# 太陽騎士每日第六行

「參加各式典禮。」

和羅蘭一起喝半個晚上的一瓶醉後，我又吸收到一個新知識。

原來，死亡騎士也會喝醉。

也幸好他會喝醉酒，否則我就不能開放讓酒店老闆娘和女侍偷摸他，用俊男……不！是用俊屍來得到五折帳單。

我完全不知道一瓶醉原來那麼貴啊！

看到帳單時，我差點沒暈過去，不禁慶幸白天跟伊力亞喝完酒後，自己沒付帳就走人了。

由於喝了半個晚上，還得開放時間讓老闆娘和女侍摸俊屍抵債，最後再扛著一具喝醉的屍體去粉紅家，等返回神殿時，都是隔天早晨的事了。

一踏進神殿，我還來不及回房梳洗補眠等等，暴風就神神祕祕把我拉到角落，曖昧地說：「你有個訪客。」

訪客？而且暴風這是什麼語氣，怎麼好像逮著我去偷情似地？冤枉啊！我只是去偷喝酒，酒伴還是一具屍體，根本沒偷情啊！

哪怕是滿肚子疑惑，我還是面帶微笑地問：「請問暴風兄弟，這位客人在哪間接待廳呢？」

暴風搖著食指說：「她怎麼可能會在接待廳呢！」

「不在接待廳?」我不禁露出疑惑的表情。

看到我終於露出微笑以外的表情，暴風吊人胃口的興致似乎終於得到滿足，他一個招手說：「跟我來。」

我也只好懷著滿腔疑惑跟他走，沒多久，我們來到一個位置頗為隱密的祈禱室門外。

祈禱室是讓聖騎士能夠進行安靜祈禱及自我省思的地方，不過就我所知，這裡用來進行吵鬧的「大家一起吃中午便當活動」，遠遠多過於安靜的獨自祈禱。

一推門進去，我就明白為什麼不能去接待廳了，畢竟接待廳是公眾場所，難免有人來來往往，而這一位卻是不能隨意出現在公眾場所的人物。

王室目前唯一的公主殿下!

我不禁讚歎，公主做事真是迅捷，昨天伊力亞才醉著回去，今天她馬上就找上門來了。

我轉頭對暴風說：「暴風兄弟，可否請您迴避一會兒?」

聞言，暴風也只能依依不捨地走出去，臉上是好奇得要死的表情。

「伊力亞跟我說了你的計畫，但是我不會支持你的!」

公主毫不拖泥帶水，立刻開口表明態度，眼神說有多鄙視就有多鄙視地看著我，不屑地說：「你一定以為是王兄不顧我的意願，硬要把我嫁給戰神之子的吧?我告訴你，你錯了!王兄是跟我商量過的，而我同意了，身為王室公主，為人民犧牲自身是我應盡的責任！」

「我想我們之間有點誤會，公主殿下。」

我保持微笑，堅定地說：「您一定要先明白一件事，那就是無論如何，太陽都不會對魔獄騎士動手，那是我對光明神許下的承諾，每一位聖騎士都是我的兄弟，我保護兄弟都來不及了，又怎麼可能會傷害他們。」

聞言，公主愣住了，她有點遲疑地看過來，似乎不太敢相信這番話，真不知道爲什麼她會對我有這麼深的敵意，好歹我的老師以前也常常帶我去王宮喝茶，和這位公主也見過幾次面。

但剛才的話應該奏效了，我繼續說道：「雖然我絕不會傷害聖騎士，但是，教皇陛下卻不如我這般把聖騎士當成他的兄弟，只要是會危害到神殿的人事物，教皇陛下可不會留情面，而您應該聽聞過我和教皇關係不佳，他不會因爲我的阻止就不動手，而我也無法二十四小時護衛在伊力亞身邊，如果您嫁到鄰國去了，那麼，誰能夠保護伊力亞呢？」

公主臉色一變，原本堅定的神色開始猶豫起來。

見狀，我就知道事情有轉圜的餘地了，就算公主能夠犧牲自己，她還是捨不得犧牲自己的愛人。

公主爲難了好一陣子，突然一個抬頭，對我咬牙切齒地說：「竟然用伊力亞來威脅我，你哪是光明神的代言人，分明是卑鄙無恥的代言人！太陽哥哥說的果然沒錯！」

太陽哥哥？我一想就明白了，公主指的人應該是上一任太陽騎士，老師和王室的關係搞得相當不錯，所以公主就直呼他哥哥，雖然以年齡來說，應該要叫叔叔才對，不過我的老師從不接受輩分高於哥哥的稱呼。

我遲疑了一下，不太確定自己想不想知道老師說過什麼，但最後還是忍不住開口問：

「敢問公主殿下，我的老師說過什麼話呢？」

公主冷冷地看了我一眼，開口敘述那段過往。

「我的學生是什麼樣的人？嗯，總的來說是個好人——如果你不和他作對的話。」

「那如果和他作對了呢？」

「唔，你還是會認爲他是個好人，只是疑惑自己最近爲什麼這麼倒楣，做一件事會失敗兩件；喝冷湯會被燙到；吃粥會被骨頭噎到；走在王宮走廊會踩到狗屎……」

「可是，喝冷湯怎麼可能被燙到呢？粥裡哪有骨頭？王宮走廊上又怎麼可能會有狗屎呢？」

「所以，我的學生總的來說是個好人，只要你不和他作對的話。」

公主氣憤地說：「你根本就不是什麼完美的太陽騎士，就是個卑鄙小人！連你的老師都這麼認爲！」

老師啊！你的比喻也太糟糕了，我肯定不會用冷湯來燙人這種明顯有問題的陷害手法。

難怪公主會這麼不放心我對伊力亞提出的計畫，照理說，我接任太陽騎士後的名聲一直都非常好，應該不會讓人有這麼深的戒心才對。

我皺了皺眉頭，解釋：「公主殿下，就算我有私心好了，但是，您眞的認爲我沒有半點想讓魔獄騎士和心愛的女人在一起的意思嗎？」

公主冷漠地瞥了我一眼，嘲弄地說：「你不要以爲我會相信你眞的是爲了伊力亞。」

我冷笑一聲，說：「雖然伊力亞是十二聖騎士之一，但這身分根本不能曝光，所以他只是一名皇家騎士，還沒有貴族身分，而您應該知道，要讓泱泱大國的公主嫁給一位平民出身的皇家騎士，是多麼困難的一件事情吧？」

我諷刺地說：「說實話，要想盡辦法讓您嫁給一名皇家騎士，我還不如眞的自己上場和戰神之子爭您，那還容易得多了！至少我怎麼說也是聖殿之首，光明神的代言人。」

聞言，公主皺起眉頭，連嘴唇都抿緊了。

「若是我爭贏了，不但自己有了貴族身分，在大王子到現在還沒有子嗣的情況下，我的孩子甚至有可能成爲下一任國王，何樂而不爲呢？但我這個總的來說是個好人的傢伙，居然傻到把這麼好的機會拱手讓給伊力亞，自己卻還得爲了這整個計畫，差點想破腦袋！」

我半眞半假地負氣說完，用力轉過頭擺出黯然神傷的姿態，然後偷偷用眼尾瞄公主。她沉默許久，滿滿都是困惑表情，似乎眞的想不出其他答案，姿態終於不再那麼針鋒相對，態度終於緩和下來，她開口輕輕地問：「那你爲什麼要幫我們呢？我們明明就和你作對了不是嗎？」

「您和伊力亞都沒有和我作對！」我搖頭反駁：「雖然伊力亞不願意再當魔獄騎士，卻沒有危害神殿；而公主您要嫁給戰神之子，是依循大王子殿下的計畫而已；即便是大王子，也是因爲王室名聲低落，神殿勢力高漲，身爲即將登基的國王，必須要出手拉回王室的威望，這當然不能算是和我作對。」

聽完後，公主的神情更迷惘了，看起來不再是一名高傲的公主，反倒像是個迷糊的女孩。

我好笑地說：「雖然您聽我的老師暗示過不要和我作對，但卻忘記詢問哪種行爲才算是和我作對。」

「那什麼樣的行爲才算是和你作對呢？」

見我沒回答，公主居然有點撒嬌地說：「你說嘛！說了以後，我才能避免做出和你作對的行為啊！」

被比自己年長的公主撒嬌，讓我打了個寒顫，不過最近正好有個和我作對的好例子可以拿出來用！

我冷笑一聲後，說：「那我就舉個例子好了，最近有個混帳傢伙居然想殺死我的副隊長，還想搶我兄弟的女人，簡直不把我這個太陽騎士看在眼裡，如果不讓他付出代價，我格里西亞四個字就倒過來唸！」

♣♣♣

大王子的確令人佩服，雖然是好不容易才等到的登基典禮，但他卻一點鋪張奢華的意思都沒有。

雖然今天是國王登基典禮，但是王宮幾乎沒有增加什麼裝飾，只有眼尖的人才能發現，紅地毯換了張新的——或者只是洗過了？

據說連禮儀官都被新任國王的節儉氣得跑去唸了一頓，但新任國王只是淡淡的一句「父王已經布置王宮好些年，足夠華麗了」，就把禮儀官堵得半句話都說不出來。

怪不得公主願意嫁給自己不愛的男人，哥哥都無私到這種地步，她也不好說自己有心上人，所以不想嫁吧？

更何況，在典禮時，我很不甘心地發現站在對面那個叫作戰神之子的傢伙，居然長得人模人樣！

戰神之子身爲所有戰士之首，我本來還以爲他應該高大強壯到誇張的地步，滿身都是糾結突起的肌肉，再加上一頭亂糟糟的頭髮和不修邊幅的打扮，整個人像座雜草叢生的荒山才對！

事實證明，這完全是我的偏見。

戰神之子的確高大健壯且肌肉結實，但卻不會太過誇張，而且看他走起路來輕快又富有節奏，就知道這傢伙絕不是個光有力量的傢伙，他的柔軟度和速度應該也很不錯，配上那頭鬈曲的黑髮，整個人活像頭黑豹，優美敏捷而危險性十足！

怪不得亞戴爾會敗在他手下，而且還差點連命都沒了。

再看看周圍貴族仕女不斷偷瞄戰神之子的舉動，就知道這傢伙頗有女人緣。

說不定，大王子打從心底認爲這是個好對象，所以才讓妹妹嫁過去，他當然也不可能知道妹妹早就有心儀的對象了。

回到登基典禮上，雖然典禮並不豪華，卻也是隆重莊嚴，最重要的是眾人都眞心期盼著大王子上任，因為他的上任也代表著某人終於要卸任了。

當大王子殿下把王冠遞給教皇，象徵王權對光明神殿的信任，而教皇將王冠戴到大王子頭上，象徵王權神授，並且宣布他為新任國王時，不少人都帶著鬆一口氣的表情，甚至有人喜極而泣。

只有我不知道到底是該哭還是該笑，雖然肥豬王的所作所為讓人很想一劍戳死他，不過真要說起來，對付笨得像豬的國王可比對付扮豬吃老虎的國王要來得輕鬆多了。

唉！看來只需要應付「真豬」的好日子結束了，未來即將展開和扮豬吃老虎的「假豬」鬥智鬥力的辛苦歲月，只希望我不是那隻被吃的老虎就好。

在我哀嘆好日子過去的時候，各國使者紛紛奉上祝賀禮物，鑲嵌各色寶石的穿衣鏡、一整套寶石首飾、用寶石裝飾得滿滿的劍……

老實說，這些嵌滿寶石的禮物說貴重是貴重，卻沒有一件是真正的寶物，甚至連之前祝賀肥豬國王大壽的禮物都比這些有派頭得多，但這可不是其他國家小氣，事關國家面子問題，各國絕不可能在這種地方省錢。

問題的主因在於這場登基典禮從宣布、派使者通知各國，到今日正式舉辦，前後經歷不到一個月，幾個比較遠的國家根本一聽到消息，就立刻急匆匆地組建隊伍趕路過來，卻恰恰及時參加典禮而已，當然不可能有時間準備什麼像樣的禮物。

雖然禮物看起來都不怎麼樣，但國王卻不怎麼介意，甚至偶爾還會點頭致意。

該不會……我突然有種領悟，假豬國王該不會是故意的吧？畢竟他那愛亂花錢的老爸掌政這麼久了，國庫想也知道應該有大半空間都在養蚊子。

如果各國奉上眞正的寶物，那些價値連城的寶貝根本不能拿去賣，要是被他國發現自己送給忘響國陛下的禮物竟然出現在市場上，那只會有兩種假設，第一是忘響國的國庫被盜賊光顧了，第二種更糟，忘響國竟然把人家送的寶貝拿去賣。

不管是那種假設，忘響國的名譽都可以拿去掃地了。

但現在因爲登基典禮公布和正式舉行的時間太近，導致各國準備時間不足，奉上的禮物只是一些鑲嵌寶石的黃金白銀製品，那只要國王把寶石拔下來，把黃金做的寶劍和鏡子熔成一堆金磚，再拿去賣掉，就絕對不會被任何人發現了！

大王子——不！現在是國王陛下，您眞是太了不起了，如果不是我們正在明爭暗鬥狀態，我眞想對您深深一鞠躬，表達自己對您爲了掙錢可以不擇手段的敬意，等我將這件事情告訴同樣死要錢的教皇，說不定教皇都會想和您結拜爲兄弟啊！

這時，戰神之子對身後的戰士一揮手，兩名戰士立刻將戰神殿的禮物奉送到國王面前。

那是一面盾牌，只要用它來擋住敵人，包准沒有人有辦法對它進行攻擊——要是有人捨得攻擊一面全由寶石鑲嵌成的盾牌，我第一個殺掉這種浪費錢的傢伙！

要知道，隨隨便便敲破上頭最小顆的寶石，就等於燒掉我從二十歲做到四十歲累積下的所有薪水啊！

國王點了點頭，一雙眼睛反射著寶石的閃光，由典禮開始就保持嚴肅的臉上難得出現笑容。

見狀，戰神之子十分驕傲地說：「這面盾牌由我國最好的魔法師、寶石工匠和武器鐵匠聯手製作出來，中間用寶石鑲嵌貴國的國徽，周圍那圈由魔法寶石鑲嵌的魔法陣，可以抵擋魔法攻擊，除此之外，它的物理防禦力也是數一數二，就算是巨斧也無法砍破它！」

聞言，眾人都低呼起來，這面盾牌可說是今天的禮物中最顯眼的一個了。

我卻暗笑了一聲，恐怕假豬國王是寧願把身邊的親信騎士推去擋攻擊，也不願意讓這面盾牌碰掉一個角。

「好好收藏起來。」

國王吩咐一旁的侍衛，這還是他今天收禮物收到現在，第一次除了微笑，還開口說了話，眞是給足面子。

戰神之子滿意地看著王宮侍衛小心翼翼地把盾牌扛進去，緊接著他轉頭過來，挑釁意味十足地看向我，說：「戰神殿對國王陛下獻上無比的敬意，不知道光明神殿要用什麼來祝賀國王陛下？」

聞言，我面帶微笑，從十二聖騎士的行列中走到大廳中央的紅地毯上，與戰神之子只相隔兩步遠，然後從懷中掏出一串手珠來。

這串手珠呈現金黃色半透明的琉璃狀，而且是由一朵朵指甲片大小的玫瑰花串成，中間還有一顆特別大的玫瑰花狀琉璃，看起來精巧美麗，但和貴重或寶物之類的詞彙絲毫扯不上關係。

我對國王一個行禮後，誠懇地說：「太陽身無長物，僅致上這串經過光明神的祝福，以及太陽親手製作的聖光玫瑰手珠。」

國王只是保持禮貌性的微笑點了頭，戰神之子毫不客氣地大笑出聲，眾人則是紛紛皺起眉頭，這禮物著實寒酸。

這時，我微笑著補充：「光明神庇佑之下，國王陛下當終生無恙，但國王陛下若真有需要，可捏破一朵玫瑰珠，藉此得到光明神的祝福，效果等同高級治癒術，而中間這顆最大玫瑰珠的祝福，則等同最高階的終極治癒術。」

聽完我說的話後，眾人的笑聲戛然而止，國王根本掩飾不住驚喜之色，他和親信騎士講了幾句話，騎士就過來拿走我手上的玫瑰手珠，遞交給國王。

國王摸了摸那串手珠後立刻戴上，甚至沒理會戰神之子瞬間黑掉一半的臉。

我微微一笑，哪怕這件禮物是我送的，國王還是不得不喜愛它，畢竟，對位高權重的人來說，最可怕的事情就是遇到暗殺。

手珠共有十八顆小珠和一顆大珠，等於隨身攜帶一名可以施展十八次高級治癒術和一次終極治癒術的祭司在身邊，而且還是不會被敵人買通，也不會第一個被敵人幹掉的祭司，這教他怎麼能不趕快把這串保命珠戴上呢？

況且，這串保命珠可不是普通祭司做得出來的！

平均要發動三十幾次高級治癒術才能成功做一顆小玫瑰珠出來，而大玫瑰珠嘛，這不是我小氣，只肯給國王一顆，而是我也就成功做出這麼一顆而已。

連我這個聖光多得會溢出來的人，一天也頂多只能發動十來次高級治癒術，所以這串手珠就花去我一個月的時間，要把教皇發的禮物經費偷偷加入自己往後的退休金還眞不容易啊！

「太陽騎士長！」

這時，一名聖騎士小跑過來報告：「太陽騎士長，有幾名死靈法師帶著不死生物在城裡搗亂。」

我面帶微笑地聽完報告，看到對面的戰神之子對我露齒一笑，我自然也禮貌性地回以微笑——你個死傢伙，居然敢陰我！

我才不相信除了粉紅這個特約法師，還會有其他死靈法師敢在葉芽城這個光明神殿大本營搗亂，又不是嫌自己手下的不死生物太多，想送幾個來鍛鍊光明神殿的祭司和聖騎士。

肯定是戰神殿搞的鬼！

全大陸的人都知道，太陽騎士最痛恨的東西就是不死生物，如果有不死生物出現，我肯定會跟國王致歉，然後衝去對付不死生物，接下來，戰神殿就可以趁機向公主求婚。

我立刻面色肅穆地說：「居然有死靈法師膽敢帶著不死生物踏進被光明神祝福的葉芽城？這簡直太可惡了！你聽著，立刻吩咐我的太陽小隊去對付那些不被光明祝福的死物，我正認爲他們最近過於鬆懈，應該好好鍛鍊一番，以確保他們有足夠的能力來保護葉芽城。」

「是。」聖騎士一聽，立刻點頭領命，急匆匆地回去轉達。

這時，戰神之子緩緩開口說：「太陽騎士，今天這麼重要的日子，城內出現不死生物，你似乎親自去處理比較妥當吧？」

我十分自信地開口回答：「閣下請無須擔心，今天是國王陛下的登基大典，也是光明神祝福的日子，那些不被祝福的死物絕無獲得半點祝福的可能，我的太陽小隊必定將它們全數埋葬！」

有什麼好擔心的呢？

戰神殿本來就不擅長對付不死生物，我相信他們根本不敢去找那些眞正強大的死靈法師來搗蛋，而強大的死靈法師多半不屑做這種惡作劇般的行爲，呃，如果是粉紅的話，倒是有可能因爲太無聊而搗蛋，但我想粉紅這種死靈法師恐怕世上也就這麼一隻而已。

還有，我敢保證，在城內放不死生物的計畫是戰神殿自己想出來的餿主意，跟國王一點關係都沒有。

因爲忘響國長期信奉光明，人民對於不死生物和黑暗氣息十分排斥，戰神殿這舉動反而會讓國王不高興，光看方才戰神之子要我親自去收拾不死生物，國王卻完全沒有開口幫腔的意思，就知道他恐怕對戰神殿的舉動有點惱怒了。

戰神之子眼見趕不走我，索性開門見山地跟國王提出要求。

「國王陛下，戰神殿除了來祝賀您登基，其實還有一件事情要請求您。」

國王恰到好處地擺出好奇神色，難得親自開口說話：「喔？你說。」

戰神之子的眼神飄移到一旁的公主身上，同樣恰到好處地擺出傾慕的表情。

「聽聞公主才貌雙全，讓我心生傾慕，今日一見才知道公主遠遠比傳聞的更加美貌，更加堅定我要娶此佳人的決心！」

向一國公主求親，戰神之子說得還是有點太直接了，不過戰神殿的戰士向來大剌剌，說話舉止十分直接，倒也沒有人會怪他們什麼。

這時，戰士們從外頭扛進一個接一個的箱子，戰神之子親手打開第一個，頓時各色光芒閃耀，箱子裡頭滿滿都是珠寶，他開口說：「這些是致上的聘禮。」

這種直接扛上聘禮的舉動更是唐突，但眾貴族偷瞄打量國王的神色，確定國王沒有什麼不滿的表情後，瞬間就明白國王早已有意把公主嫁給戰神之子，紛紛祝賀起來，有的人甚至大聲叫好，什麼郎才女貌、天作之合的話都喊出來了。

「請等一等！」

我高聲喊完，吸引眾人的注意後，這才對國王半跪行禮，十分誠懇地請求：「太陽對公主殿下也是一片眞心，盼望國王陛下看在太陽的誠意上，給予我平等追求公主的機會。」

我的話一出口，周圍貴族們騷動起來，連國王都愣住了，自家的十二聖騎士都直瞪著我，一個個臉色活像見到鬼而不是看著他們的太陽騎士。

暴風難以置信地說：「眞是不可思議，我還以爲太陽第一個求婚對象會是光明神塑像呢！」

他的話一出，大部分的十二聖騎士都點了點頭，但審判就沒有點頭，眞不愧是「不是朋友的好朋友」，果然了解我，誰會跟光明神塑像求婚啊！

審判一看到我在看他，就伸出手拍拍寒冰的肩頭，揚揚眉的表情彷彿在說：我還以爲你第一個求婚的對象會是寒冰呢？

「……」

不等國王開口答覆，戰神之子就率先轉頭對我低吼：「你這傢伙！」

一旁的傑蘭伯爵連忙跑過來阻止戰神之子，以免他當眾說出什麼不堪入耳的話來，安撫完戰神之子後，他轉而微笑對我說：「太陽騎士，雖然你有追求公主的意思，但是戰神之子連聘禮都準備好了，難道你就打算空著手來追尊貴的公主殿下？」

聞言，戰神之子喜上眉梢，連忙火上加油，高喊：「沒錯，沒有準備聘禮的話，你根本就是來鬧場！這是對國王的藐視！」

「太陽身無長物，唯有再次奉上光明神的祝福，與我對公主真誠的愛意。」

我一邊說，一邊從懷中掏出一串玫瑰手珠來，但這串珠子就不是自己做的了，畢竟時間不夠，實在做不出兩串，我只好把做珠子的方法教給教皇，條件就是他學會以後，總共要交出一百零八顆珠子的學費給我。

雖然這珠子是零成本，但目前能做出來的人就只有我和教皇，絕對是物以稀爲貴，更何況這還是能保命的寶貝！

國王見到這串手珠，雙眼瞬間發亮了一下，他沉吟一會，神色看起來十分爲難，但依我看來，他恐怕是在想如何不把妹妹嫁給我，又能把珠子拿走吧？

他深深地嘆了口氣，這是想不出留下珠子的辦法？他轉頭詢問自家妹妹：「公主，這兩位都是好青年啊！對妳也都是一片眞心，妳怎麼看呢？」

照國王的劇本，公主恐怕應該是要矜持一下後，偷偷用眼睛看戰神之子才對，不過，人算不如光明神算，只見公主目不斜視、沉默不語，反倒是她身後的皇家騎士跳出來，那正是伊力亞。

他先對國王半跪行禮後，高聲喊：「國王陛下，我才是眞正對公主一片眞心的人，我、我和公主殿下是兩情相悅！」

聞言，眾人更驚嚇了，齊齊看向公主，她仍舊目不斜視，不承認也不否認，而對於這種身分高貴的仕女來說，在此刻保持沉默就等於承認了。

現場立刻一片譁然，眾人簡直難以置信，平時就沒半個人來求婚，現在卻突然全擠在一起求婚，這到底是什麼狀況？

國王顯然沒料到這番變故，他愣了下後，直直地朝我瞪過來。

陛下您眞是太英明了，雖然眞的是我搞的鬼，但您也別那麼直接。

我裝完震驚表情後，連忙對國王的注視露出疑惑的神色，一副不明白他爲什麼要盯著我的樣子。

見狀，國王連忙把視線轉回伊力亞身上，輕輕地皺了下眉頭。

國王身旁的兩名親信騎士立刻跳出來，其中比較年輕、約莫三十來歲的那名騎士大聲斥喝：「伊力亞，不要胡鬧，公主殿下豈是你可以高攀的人！」

伊力亞沒理會他，反倒看向另一名比較老邁的親信騎士，神色還帶著點羞愧，但是又流露出哀求的樣子，那名老騎士嘆了口氣，沒出言斥罵他。

這時，暴風輕輕靠在我耳邊解釋：「那名比較老的騎士雖然不是伊力亞眞正的老師，不過一直很喜歡他，教導他不少東西，幾乎等同半個老師了。」

我點了點頭，用盡克制力才有辦法不露出得意的笑容，哈哈哈！想不到還有這層關係，這樣伊力亞的競爭力又高很多。

「眞想不到伊力亞居然敢追公主！不過更想不到太陽也跟公主有一腿！」暴風感嘆地跟身旁的綠葉和烈火說悄悄話，由於距離有點遙遠，我連忙豎起耳朵偷聽。

等、等等！誰跟公主有一腿啊？

「難怪上次聽太陽小隊說，太陽無緣無故灌伊力亞酒，灌得他差點醉死，原來是情敵在爭風吃醋，而公主隔天還神神祕祕地來找太陽，這是因爲劈腿被他發現，所以特地來解釋的吧？」

暴風邊說邊露出打聽到終極八卦可以死而無憾的表情，旁邊的十二聖騎士還紛紛豎直耳朵聽八卦。

原來不只我的太陽小隊很八卦，而是整個聖殿都很八卦啊！你們何必叫作聖騎士，乾脆改名爲八卦騎士好啦！

在我內心持續吶喊「聖殿乾脆跟著改名叫作八卦殿」之類的抱怨時，國王十分嚴肅地問：「妹妹，伊力亞說的話是眞的嗎？」

聞言，公主一言不發地點了點頭，見狀，國王沉默不語。

國王持續沉默，而且臉色有越來越不佳的跡象，眾人自然不敢開口多說話，現場一片尷尬的靜默，連直來直往的戰神之子都因爲搞不清楚狀況而沒有開口，只是皺著眉頭，看了看我，又看了看伊力亞，眼神十分不善。

尷尬的情況持續了一會後，我緩緩地開口道：「不如，我們就讓手中的劍來決定對錯，不多做口舌之爭，這才是騎士之道。」

什麼？你說這話聽起來很耳熟？咳咳，死人是沒有智慧財產權的！

戰神之子一聽，喜上眉梢，立刻高聲贊同：「很好，戰士只用劍來分勝負！」

我就知道他會贊同，他早已打聽清楚我不擅長劍術，伊力亞又是個騎士，別說沒有神的祝福，光是職業就處於劣勢，戰士好單挑，騎士擅群戰，這是大家都知道的職業特性。

「那便如此吧！」

說完，國王拂袖而去，看他鐵青的臉色顯然是氣得不輕。

我暗暗一笑，第一步成功了。

綠葉突然衝過來，拍了拍我的肩頭，努力安慰：「太陽，別太傷心，天涯何處無芳草，娶不到公主也沒關係的，總會有女孩子喜歡你。」

說得好像我沒女人愛似地！

「我和伊力亞的交情還算可以，我會叫他別爲難你。」暴風拍了拍我的背，一副「我們是好兄弟，我會罩你，別怕」的樣子。

區區一個伊力亞，我還會怕他？

「要是那個戰神之子敢揍你，我跟他沒完！」烈火對著假想敵空揮了幾拳。

這個……你可能也打不贏他。

「太、太陽，你別擔心，就算犯規，我也會、會幫你擋住致命的那擊，就算要擋很多下，我也不會放棄救你的！」

大地這傢伙說話分明就比刃金毒上一百倍！

我無奈地說：「你們就不能對我有點信心嗎？」

聞言，十二聖騎中的殘酷冰塊組紛紛送上「完全沒有」的冷眼，但溫暖好人派卻異口同聲地說：「有啊！我們相信以你的恢復能力，他們倆一定打不死你，所以才信心十足地讓你上台挨揍呢！」

爲什麼，殘酷冰塊組的冷眼讓我完全感覺不到寒冷，反而是溫暖好人騎士說的話讓我有種被暴風雪打到的感覺呢？

# 太陽騎士每日第七行

「勸誡聖騎士兄弟的不當行為。」

典禮的隔天，王宮就來了信函，上面寫明決鬥時間是在兩週之後，由於人數怎麼也無法公平比賽，所以決定直接進行三人混戰，最後站著的人當然就是勝利者。

這倒是不出我所料，因爲就是我請公主一定要讓比賽變成三人混戰，而且也是我請她盡量讓比賽延後，至少給我兩週的時間，想來國王還是很疼這個唯一的妹妹，即使被氣得當場拂袖而去，終究還是聽從公主的建議。

不過，國王大概眞的是被我氣到了，信函竟然還附上一張死活自負的切結書要我簽名，他該不會是要戰神之子順手把我幹掉吧？

我哭笑不得地簽下這張切結書，心底很清楚，憑藉自己的恢復能力，加上教皇老頭在旁邊觀戰，要我死在決鬥台上，不如私底下暗殺我還容易點。

確定比賽時間後，我決定現在去找審判騎士長，隨手攔住一個聖騎士打聽對方在哪裡，這才知道原來十二聖騎士正在會議廳開會，這麼說起來，我好像很久沒去開會了？

咳，反正開會又不是太陽騎士的主要任務。

走到會議廳，才一打開門，眾人就朝我行注目禮，我微笑著跟他們點頭致意，一面道歉：「十分抱歉，各位兄弟，太陽最近因忙碌而無法前來開會。」

大地騎士「誠懇」地回答：「沒關係啊！太陽，你最近在忙、忙嘛！眞的沒關係，反正沒有你也沒差啊！」

大地你……我咬了咬牙，時間不多，沒時間理會大地，我直接看著審判騎士說：「審判騎士長，若不介意的話，可否佔用你一點時間，我想和你對練劍術。」

審判騎士冷冷地回應：「那有什麼問題呢？太陽騎士長，只要你不介意我可能會傷到你。」

我倆一同走出會議廳，我順手關門，在門徹底關上前，正好聽見綠葉驚呼：「糟糕！太陽娶不到公主，難過得想找死了。」

刃金用尖銳的聲音反駁：「我們審判長才沒興趣打死一個手無縛雞之力的傢伙！」最後，所有的溫暖好人派騎士都不得不承認：「嗯！審判應該不會欺負弱小。」

我忍不住轉頭跟審判半詢問半抱怨：「真是的，我的實力真有那麼糟糕嗎⁉我怎樣也好端端地活到現在了，還對付過不少不死生物，怎麼也說不上實力差吧？」

審判的嘴角上揚，卻沒有回應，顧左右而言他地問：「我們要去哪裡？」

「祈禱室。」

審判點了點頭，沒再多問，一路跟我到祈禱室，門上掛著「整修中」的牌子，我完全無視地推開門走進去，裡面只有伊力亞一個人，他正抬頭看著牆上的壁畫。

見狀，我心下點了點頭，艾德這傢伙手腳還挺俐落的，腦袋也不差，我吩咐他神不知、鬼不覺地把伊力亞偷渡進來，他不但照著做了，還在門上掛了「整修中」的牌子，免得旁人進來。

更難得的是，做完事情後還懂得不要留下來，免得我還要浪費口水叫他滾。看來以後可以交代一些事情給艾德去做，免得亞戴爾因勞累過度，在我退休之前過勞死的話，那我可就眞要跟著哭死了。

「審判騎士？」伊力亞看到我時，沒有什麼訝異之色，但一看到審判騎士，他就露出驚愕的表情。

審判看了看我，又看了看伊力亞，輕皺一下眉頭，問：「你到底在搞什麼鬼？」

我簡單地說明：「我想讓他娶公主，所以想叫你教他劍術，好去參加那場三人決鬥。」

審判冷漠地回答：「如果是教你，那可以，但我不認爲自己有義務要幫他。」

「不！你有義務要幫他。」

聞言，審判只淡淡地看了我一眼後，竟直接轉身要離開。

我連忙拉住他，補充說明：「怎麼說他也是殘酷冰塊組的一員，你這個殘酷冰塊組的老大沒這麼狠心，扔下人家不管吧？」

「什麼？」審判回過身來，皺眉看著看伊力亞的皇家騎士服，然後用懷疑的眼神瞪著我。

我連忙解釋：「伊力亞就是十二聖騎士之一的魔獄騎士長，打小就被教皇丟到王室臥底，但臥底到現在，他已經不願意再回到聖殿了。」

審判皺著眉頭聽，卻不再有離去的意思，我更加仔細地說明：「再加上他和公主眞的是兩情相悅，所以我答應他，只要他和公主結婚，幫我阻止戰神之子迎娶公主，讓我對教皇老頭有個交代，就放他自由。」

說到這裡，我輕輕拊在他耳邊說：「不然，教皇就要殺掉他這個危險的臥底了。」

聞言，審判眉頭皺得更深，沉默好一會後才開口說：「那個戰神之子實力相當高，我恐怕打不贏他，更何況，騎士本就比戰士不適合單打獨鬥，騎士是在馬匹上戰鬥，用盾牌結防禦陣的高手，如果是我們聖騎士，勉強還有神術可以彌補不足，但魔獄騎士長並不能使用任何聖騎士的招式，以免身分曝光——總之，他沒有打贏戰神之子的可能。」

我點了點頭，回答：「我知道，但他不需要打贏，只要讓他能夠和戰神之子纏鬥，時間拖得越久越好。」

審判皺緊眉頭，頗不贊同地說：「太陽騎士長，你該知道，你現在最重要的任務是——」

「鞏固信徒！」

我順著接下去，認眞無比地說：「相信我，我現在花的每一分力氣都是爲了這個任務，最多只是順便完成一些額外的任務。」

聽到最後一句，審判終於白了我一眼，嘿！收到這枚白眼，我就知道這傢伙已經從公事公辦的審判騎士長變成什麼都答應的好朋友雷瑟了。

他無奈地說：「我猜自己不能拒絕，否則一定會被你煩死！」

我「嘿嘿」了兩聲，當我要拜託一個人事情就是自己最有耐心的時候了。

想當初，爲了叫雷瑟翻牆去幫我買藍莓派，我每隔一小時就去跟他提醒一次，請注意，是一天二十四小時，包括晚上也每隔一個小時去說一次：「雷瑟，幫我買藍莓派！」

不過現在回頭想想，還眞有種好險的感覺，幸好雷瑟眞的是個好人，最後屈服選擇爬牆去買藍莓派，而不是決定演出夜半驚魂凶殺案，乾脆一劍砍死我，爬牆去棄屍，從此一了百了。

「那就從今天開始教他吧，時間也只剩下兩週了。」

聽到「兩週」，審判搖了搖頭，說：「總有一天，我會忍不住砍死你，而不是答應你。」

我連忙大聲誇獎：「不會、不會！審判你是世界上最好的好人了，比綠葉還要好啊！你絕對不會砍死自己最好的好朋友！」

「你在挖苦我？」審判瞥了我一眼。

「這是誇獎啦！」我連忙否認，咳了聲後，推推伊力亞，開口提醒：「喂！你發呆發完了沒有？審判願意教你劍術，你還不快點道謝？」

伊力亞總算清醒過來，結結巴巴地說：「太陽騎士和審判騎士，你、你們不是很憎恨彼此嗎？」

我點了點頭，說：「是呀！跟你介紹一下，這是我最恨的好朋友，雷瑟．審判。」

「最恨的……好朋友!?」聽到這麼矛盾的話，伊力亞再次愣住，明顯有大腦停擺的跡象。

「別欺負他了。」

審判對我的不良舉動搖了搖頭，向我提醒道：「以纏鬥為前提來訓練的話，如果有白雲騎士長幫忙，就能夠事半功倍了。」

「白雲？」

我略一思索，立刻恍然大悟，連忙說：「沒問題！我現在就去找他，白雲是我這邊的十二聖騎士，他本身又很聽話，跟他下個命令就可以了。」

審判點了點頭，開始打量起伊力亞，似乎是在想該用什麼樣的訓練方法最有效。

我為伊力亞祈禱一秒鐘，雖然審判為人處事絕對公正，不會故意為難伊力亞，可是我見過審判給自己排的訓練計畫，只能說，經過那樣高難度訓練，人人都可以變成劍術高手啊！

誰？是誰偷偷說不包括我？我聽見了喔！

♣♣♣

「白雲、白雲騎士長，你在哪裡？」

我沿路叫喚白雲，雖然叫喊是有點失太陽騎士的優雅風範，不過沒辦法，這是最快找到他的辦法了，而且大家一聽到是在找白雲騎士，也都能很諒解地忽略我的不優雅。

全大陸都知道，白雲騎士生性飄泊，有著像雲一樣的飄逸氣質，據說最能找到他的地方有窗台、屋頂和榕樹下，通常他都在這些地方獨飲或者是看書。

以前的白雲騎士到底是怎麼個飄泊還外加飄逸法，我是不知道，只知道我們的白雲是眞的常常飄來飄去，而且他飄的功力非常之高，常常他飄過我的身邊，我都不見得能看見他。

最有可能找到他的地方是陰暗的角落、灰塵密布的閣樓，和一整年都不會有人去開的櫥櫃裡，總之，往陰暗潮濕的地方找就對了！

通常他都在這些陰暗的地方，點著一盞小小的聖光，看一些書名像是「如何進行萬無一失的占卜」、「排行前十大的幸運巫術」和「遠離厄運招來好運」之類的書，多半身旁還擺著一整壺黑漆漆或綠油油或紅通通的詭異液體，但我從來沒有勇氣問白雲，那杯到底是什麼鬼東西。

由於聖殿非常寬廣，陰暗潮濕的地方也不少，要知道白雲到底躲在哪個櫥櫃裡，實在是太困難了，所以大家找他的統一方法就是——沿路叫喊。

找了老半天，正巧看見暴風走過來，他手上那疊公文出奇地少，大概只有十幾份而已，難怪他的表情特別輕鬆自在。

雖然知道即使是暴風，也不可能知道白雲到底躲在哪個櫥櫃裡，但我實在找得很無力，忍不住開口問：「暴風兄弟，請問你剛才開完會後，可有見到白雲兄弟從哪個方向離開嗎？」

暴風揚了揚眉，反問：「除非白雲自己站在你面前，否則你曾經自己主動看見過他嗎？」

「不曾……」

我嘆了口氣，白雲這傢伙平常跟幽靈沒兩樣，不但喜歡躲在陰暗角落，連走路都會用上白雲騎士代代相傳的特殊雲蹤步，還把原本用來閃躲攻擊的雲蹤步改良到連視線都能閃，他若不主動出來，恐怕要多長上三個眼睛才看得到他。

暴風點了點頭，可不等我走開，他又說：「那你最常在什麼地方看到白雲？」

在什麼地方？我想想。

會議廳？不對，剛剛就沒真的「看」到他，他連座位都挑特別暗的那一個。走廊？不，我這輩子還沒在走廊上「看」見他。櫥櫃？不，就算我找對櫥櫃，常常也看不見已經和櫥櫃融為一體的他，多半還得先發現他點的蠟燭。

等等！這麼說起來，其實我每次找到他的地方就是……我突然一陣背脊發寒，顫抖著說：「自己背後？」

暴風點了點頭，用食指比了下我的背後，接著就捧著少少的公文，愉悅地離開。

我沉默了一下，嘗試叫一聲：「白雲？」

「在。」

還真的在呀！我猛然轉頭，果然看見因為長年沒有曬太陽，皮膚比我還蒼白的白雲騎士長。

我有點哭笑不得地問：「你從什麼時候開始跟著我的？」

白雲語氣幽幽，稱呼卻十分有禮地回答：「您從維修中的祈禱室走出來，開始叫喊的時候，我正巧就在旁邊的書櫃裡。」

「從那時，你就一路跟著我了？怎麼不叫我？」

白雲用有氣無力的聲音回答：「叫您好幾聲，正巧都被您的叫聲蓋過去，所以沒有被您聽見。」

我有點無奈地說：「下次直接拍我的肩膀吧！」

「是的。」白雲點了點頭。

「你又躲在櫥櫃了嗎？」我頗不贊同地唸了起來，「我不是告訴過你，那不是人待的地方，你要看書可以到閱覽室去，如果不喜歡有人在旁邊，那找一間祈禱室也可以，你是十二聖騎士，就是想要一間私人專用的祈禱室，也沒有人會說一句反對的話。」

白雲晃頭晃腦地說：「我沒有躲在櫥櫃裡，因爲您不准，所以沒有躲在那裡。」

「你不是說你躲在櫥櫃裡頭？」

白雲搖了搖頭，說道：「我躲在『書櫃』裡。」

「……有差別嗎？」

白雲偏了偏頭，回答：「櫥櫃是潮濕的霉味，書櫃有蛀蟲的味道，蛀蟲味比較好聞。」

正常人應該兩種都不喜歡吧？而且，既然覺得蛀蟲味比較好聞，那爲什麼以前都躲在櫥櫃裡聞霉味？

我眞是完全無法理解白雲的思考模式，算了！他自己高興就好。

「白雲，你現在就到那間維修中的祈禱室，找審判騎士報到，完全聽他的命令行事。」

「是的。」白雲又點了點頭，然後一個閃身，像幽靈般消失不見。

我點了點頭，白雲雖然個性怪了點、人難找了點、聲音小了點，和思考模式詭異了點，不過他最大的優點，就是很聽我的話，而且就算收到的命令再怎麼詭異，他也從來不問爲什麼。

「太陽！」

不等喊叫的人跑到我面前，我皺眉問：「又出事了？」

「你怎麼知道？」烈火一個緊急煞車，目瞪口呆地看著我，眼神看來似乎很懷疑我最近是不是多了未卜先知的能力。

「你每次只要慌慌張張地朝我跑來，還滿嘴喊著『太陽』，總是沒有好事。」

我陰沉著臉解釋，上次不正是亞戴爾差點喪命的那次？

「原來是這樣啊！」

烈火恍然大悟地一個擊掌後，再次慌張起來，高喊：「不對啊！我們討論這個幹什麼！你的太陽小隊在街上和戰神殿的傢伙幹架啦！一堆隊員掛彩，幸好沒人有生命危險，現在都在大廳療傷。」

什麼!?

「戰神殿的那些傢伙還在大廳叫囂著要討回公道什麼的，眞是沒道理，互毆還要討什麼公道啊！而且他們的傷比太陽小隊輕得多，怎麼說也是我們要去討公道吧！」

聞言，我簡直火冒三丈，叫他們不要出聖殿，結果居然跑去跟人打群架，還挑上這麼硬的敵人，根本沒有把我的話聽進去！

他們最近是不把我氣死不甘心是吧？

當我和烈火匆匆趕到大廳的時候，果然看見太陽小隊或坐或站，個個渾身是血。

見此慘狀，我一時怒火攻心，差點就當眾破口大罵起來，幸好烈火拉了拉我的衣角，拉回我的理智，他比著大廳中央的戰神之子和一整隊約五十來個戰士，這才讓我勉強壓下心頭火氣。

我扯出微笑，越過受傷的太陽小隊，走到離戰神之子不遠的地方，十分有禮地說：「太陽不知戰神之子大駕光臨，否則自當遠迎，以表達光明神的歡迎與好客，既然您來了，是否要先參觀一下光明神殿——」

戰神之子聽得嘴角抽搐，低吼一聲：「廢話少說！太陽騎士，你的人打了我的人，還有你、你居然——總之，你要給我個交代！」

我的人打了你的人？我心中冷笑一聲，太陽小隊的傷勢看起來遠比戰士要重，而且他們在我的管教之下，絕不可能主動惹上他們沒有把握打贏的對象，所以，眞相到底是誰打誰還很難說！

八成是因爲我和伊力亞跟他搶公主，讓他不滿了，他找不到伊力亞和我出氣，又不敢去動皇家騎士，畢竟皇家騎士可是屬於國王的人馬，而不是伊力亞的，最後只好找上我的太陽小隊。

這些混帳傢伙，我不是告訴過他們最近不要出聖殿，結果一而再、再而三把我的話當成耳邊風！

我立刻收起笑容，嚴肅地說：「在光明神的教誨之下，我們當知遠來是客，待客之道絕非以暴力相待，光明神的慈愛才是對待世間萬物的態度，唯有慈愛能得到慈愛的回報，暴力卻僅能得到更多的暴力和怨恨，沒有人願意被暴力以待，所以我們當先付出慈愛，如此對方才會以慈愛回報——」

戰神之子越聽越迷糊，眉頭就皺得越緊，剛開始還努力想聽懂，但到最後，他抱著頭，一副頭痛欲裂的樣子，大吼：「閉嘴！」

聞言，我如他所願地閉上嘴，還帶著溫和的微笑看他。

烈火在背後喃喃：「好厲害啊！我剛剛和這傢伙打了一回，連他的頭髮也沒碰掉一根，太陽用一張嘴就讓對方頭痛得不得了。」

「你就說你要怎麼懲罰他們就是了！」戰神之子氣喘吁吁地低吼，看來聽我一席話，比和烈火打上一回還累。

聞言，我立刻轉過頭去斥喝太陽小隊。

「你們竟然以暴力對待客人，難道忘記你們是光明神的聖騎士嗎？你們以爲自己是野蠻人嗎？既然不願當有禮的聖騎士，那就不許讓祭司治傷，現在到醫療室去，自己包紮完傷口後，全部都去禁閉室報到，你們被關一個月的禁閉！」

太陽小隊成員羞恥地低下頭，緩緩站起身來，幾個傷勢太重的隊員甚至需要其他人攙扶才有辦法站起，一行人就這麼邊走邊灑血，本來光潔的地板在小隊員走過之後，竟變成一條血路。

見狀，烈火著急地說：「太陽，你要關他們禁閉沒關係，但還是讓祭司幫他們療傷吧！他們的傷勢太重了呀！」

「那是對他們的懲罰。」我淡淡地說，絲毫沒有收回命令的意思。

周圍的聖騎士紛紛露出不忍的神色，但他們卻不願怪罪我，紛紛怒目瞪著戰神殿的人。我回過頭來，正好看見戰神之子露出滿意的笑容，他背後的戰士們則是哈哈大笑看著太陽小隊狼狽不堪地離去。

戰神之子笑得一口白牙都露出來了，哈哈道：「我很期待兩週後的決鬥，看在光明神的那個什麼慈愛的份上，我會對你手下留情一點，哈哈！」

我微笑著說：「十分感謝您的慈愛。」

「哈哈哈！」戰神殿的人一邊大笑，一邊大搖大擺地離開，甚至連聲再見的招呼都沒有。

直到戰神殿的人都離去後，烈火小心翼翼地打量著我，小聲地問：「太、太陽？既然他們走了，那我去找祭司給太陽小隊治傷吧？」

我看了他一眼，他立刻就噤聲。

我轉身去找太陽小隊，而烈火猶豫了一下，本想跟上來，但我一個轉頭看過去，他就落荒而逃。

雖然治療室不只一間，我也沒指定太陽小隊要去哪間，不過，這事倒是簡單，反正跟著地上的血跡走就對了。

沿路的祭司、聖騎士，甚至是十二聖騎士一見到我，全都臉色刷白，繞道而行。

一路走到療傷室，我一將門關上，立刻沉著臉對眾小隊員吼：「你們這些混帳傢伙，我平常是怎麼教你們的？」

太陽小隊個個低著頭，一言不發。

我繼續發飆，怒吼：「我不是告訴過你們了！要打人就要打比你們弱兩倍以上，或者人數只有一半以下的對象，如果對方實力不差，沒有百分之兩百的把握可以打贏，那就先忍著，回來跟我告狀再說的嗎？」

「隊長，是他們不讓我們走！」艾德一邊包紮自己滴血的左手，一邊委屈地回答。

我立刻駁斥：「胡說！光天化日之下，你們還攔得住你們嗎？如果你們想走卻被對方攔住，那些巡邏中的皇家騎士就有必要助你們解決當街鬧事的傢伙。」

艾德大聲說：「可是我們不能走呀！他們污辱隊長你！如果我們夾著尾巴逃走，那不是證明他們說的話是對的嗎？」

眾人騷動起來，紛紛告狀：「他們居然敢說隊長是光靠外表的繡花枕頭！」

那表示我很帥啊！有什麼好生氣的？

「還說聖騎士除了挨打，什麼都不會，太過分了！」

這……總的來說也沒錯，聖騎士最強的就是防禦和恢復能力，而這兩項能力都可以增加抗打能力，再加上騎士的強健體格，聖騎士絕對是挨打界中的高手！

「還說隊長根本沒膽管這件事，就算殺掉我們，隊長你也不敢動他們！」

胡說八道！要是他們敢殺你們，我會讓他們一輩子都不會動！

第三項指控終於讓我火冒三丈，我沉下臉，聽著太陽小隊邊包紮邊抱怨，聽了一陣子後，等他們包紮得差不多了，也把整個經過說明清楚，我才下令：「通通去禁閉室報到。」

聽到還是要進禁閉室，太陽小隊個個都委屈地低下頭，正要聽令離開，門外卻傳來敲門聲。

「誰？」我皺了下眉頭，哪個傢伙敢在我教訓小隊員的時候打擾？

「隊長，是我，亞戴爾。」

「你居然敢違背我的命令下床，傷勢都養好了嗎？」

「已經全好了，隊長。」

「那就進來吧。」

亞戴爾一進來就單膝跪下，歉疚地說：「隊長，如果你要關太陽小隊禁閉的話，就請連我一起關，都是因爲我這個副隊長沒有教好他們。」

我打量著亞戴爾，看他的動作很流暢，臉色紅潤，身體應該是眞的養好了，這才冷冷地說：「你身爲副隊長，沒有代我將小隊員教導好，確實有錯，一起去禁閉室報到！」

亞戴爾低著頭，看不見表情，只是一如往常地回答。

「是。」

# 太陽騎士每日第八行

「友愛左鄰右舍。」

君子報仇十年不晚，但我不是君子，而是太陽騎士，所以只等到晚上就立刻開始行動，一路敲著十二聖騎士的房門，開頭第一句話都是「幫我個忙」。

敲到審判的房門時，他拉開門，我一樣說了句「幫我個忙」。

「什麼忙？」審判問，有些裝傻地問道：「買藍莓派？叫寒冰做草莓刨冰？」

我開門見山地要求：「借我十個審判小隊的隊員。」

聞言，審判深深地嘆了口氣，問：「是爲了任務，還是爲了報仇？」

「是爲了任務。」見到審判一臉不相信的樣子，我趕緊補充說：「但我承認我有一點點小小公報私仇的打算。」

審判有些哭笑不得，又問：「那你會適可而止嗎？」

我聳了聳肩說：「當然，我只是要鞏固信徒，可不是要和戰神殿開戰。」

即使這麼說，審判還是想了好一會後才勉強說：「我只能借你五個人，以免你因爲太過生氣而胡鬧，你一向很寵太陽小隊，他們被當眾羞辱，還被打成重傷，我實在無法相信你會克制自己而不狠狠地修理戰神殿的人。」

「好，就五個。」我一口答應。

見我答應得這麼爽快，審判的眉頭皺得更緊了，爲了避免他反悔，我連忙扯開話題。

「伊力亞的劍術學得怎麼樣了？」

「很好，他的學習能力很不錯，白雲又改良幾個雲蹤步的招式，讓他的閃躲能力更高，兩週後應該可以達到『纏鬥』的要求。」

我點了點頭，說：「那就沒有問題了。」

審判皺眉問：「能夠讓我知道你鞏固信徒的計畫到底是什麼嗎？」

「不行！」我一口否決，要是讓審判知道全盤計畫，難保他不會現在就一劍劈死我，免得我小時危害自己人，現在危害戰神殿，將來危害世界。

「你果然胡鬧了嗎？唉！那還是別告訴我的好。」

審判搖了搖頭，果斷地放棄知道計畫，省得讓他自己陷入要不要砍死我的兩難之中，他慢慢地關上房門，喃喃：「今晚要早點睡，免得知道我的五名小隊員被迫去做了什麼事情，我會後悔借人給你，不過話說回來，每次我答應你什麼事情，事後總是後悔，唉……」

我勸道：「嘆一口氣會短命三秒。」

門後幽幽地說：「答應你的一個請求會短命三年。」

我不以爲然地說：「如果眞的會短命三年的話，那你早在遇到我一個月後就死了嘛！」

「你也知道嗎……」

拜託了審判後，我瞧了瞧窗外月亮的位置，現在時間大約是十點鐘，差不多是時候了，我快步走到聖殿的廚房，這種時候，廚房已經沒有任何人，但桌上早已放著好幾籃子的燻肉、麵包和牛奶。

我提上這幾個籃子，悄悄地來到關太陽小隊的禁閉室外頭，不過這個所謂的「外頭」可不是禁閉室唯一的門外，而是「牆外」。

靠牆蹲下來，我輕輕打開暗門，正想送食物進去時，聽見門後傳來聲音。

「隊長這次好過分，還不准我們療傷，好幾個人傷得很重啊！」

「也沒有送食物來，隊長眞的不管我們了嗎？」

一聲激動的吼聲打斷所有人的抱怨：「身爲太陽小隊的一員，難道你們也和外面的人一樣，以爲隊長眞的不管我們嗎？你們以爲每次我們被關禁閉時，是誰送食物來？是誰送保暖的棉被來？最後，禁閉室的暗門又是誰開的呢？」

這是亞戴爾的聲音，果眞不愧是最了解我的副隊長！

有人連忙解釋：「亞戴爾，你別激動啊！我當然知道隊長不是不管我們，只是隊長常常要我們去做一些幾乎不可能的任務。」

這聲音聽起來像是艾德，嘖！我本來還在想可以讓他分擔一些任務呢，看來還是非亞戴爾不行！

「但隊長總會給我們一些協助！」亞戴爾的態度更是強硬。

「是沒錯，可隊長有時候也挺、挺脫線的，他以前要我們隱藏身分去痛毆大地騎士長，卻只有給二十五套夜行衣，連武器都忘記給，讓我們反被大地騎士長痛毆。」

牆後沒再傳來亞戴爾的聲音，看來他是無法反駁。

這簡直是胡說！要教訓大地的事情，我怎麼可能會忘記給武器呢？只是因爲調用公款去買完夜行衣，就被教皇查到了，結果剩下的錢被他拿回去，沒錢去買武器，只好想說好歹是二十幾個人圍毆一個人，至少也能打到一、兩拳吧？

沒想到他們連大地的保護盾都沒能打破，還個個帶傷回來讓我治療，眞是氣死我了！

猛地打開暗門，我把手上的籃子用力地推進去，力道太大的關係，甚至還能聽見籃子撞到牆的聲音。

牆後安靜好一陣子後，亞戴爾開口解釋：「隊長，大家只是隨口抱怨而已，不是眞有那個意思。」

我把十幾顆玫瑰珠滾進去，也不回應亞戴爾的解釋，負氣說道：「重傷的人才准用一顆，不可以把身上的傷勢全治好，每個人身上一定要有傷，這是命令！」

艾德幾乎要哭出來地說：「隊長！今天戰神殿的人眞的很過分，我們只是太生他們的氣了，所以才胡說八道的啦，你不要生氣啊！」

「隊長！」

「對不起啊！隊長。」

「隊長～～我們錯了！」

聽到一聲聲的「隊長」，我不由得心軟了，這些該死的傢伙一定早就知道我這個弱點，每次犯了錯，就個個都拚命喊隊長、隊長的。

我低聲吼：「好了啦！都閉嘴，重傷的人快療傷，輕傷也快點吃飯，等等還有任務要做。」

牆後的聲聲「隊長」立刻消失，只傳來一些細微的聲響，看起來是乖乖行動了。

我叫了聲：「亞戴爾。」

「是，隊長。」

「等會帶大家到老地方集合，我會派一些人支援你們，那裡會有你們需要的道具。」

「是！」

「隊長，你會跟我們去嗎？」艾德突然開口問，他最近眞是越來越大膽了。

「『太陽我』是不會跟著去的。」

「了解……」

大約在十二點左右，亞戴爾就招呼上所有隊員從暗門中出來，我正默默地站在樹後偷看，看到他們出來後，再偷偷跟在眾人後方不遠處，雖然亞戴爾是眞的很能幹，但我仍舊不確定他是不是眞的能夠了解我的計畫。

保險起見，還是跟著去看一下吧。

「亞戴爾，剛剛後面那閃過去的黑影是不是隊長啊？」艾德探頭探腦地往後看。

「不是，隊長說他不會跟著來。」亞戴爾看也不看就回答。

聽到這個回答，艾德訕訕然地說：「難怪隊長這麼喜歡你，亞戴爾。」

這時，亞戴爾猛然停下來，後方的艾德反應不過來，鼻子狠狠地與亞戴爾的後腦勺來了個親密接觸。

艾德表情痛苦地捂住鼻子，連忙對自己用了個初級治癒術，才有辦法大聲抱怨：「亞戴爾，你幹什麼突然停住啦？」

亞戴爾呆呆地比著前方，眾太陽小隊成員齊齊朝前一看，跟著全體呆愣住。

一名身著黑色審判小隊服的聖騎士走過來，對亞戴爾報告。

「暴風小隊十名，烈火小隊十名、綠葉小隊十名、大地小隊十名、寒冰小隊十名、孤月小隊十名，白雲小隊十名、審判小隊五名，全員到齊，奉太陽騎士長之命，完全聽從太陽小隊副隊長亞戴爾的命令。」

艾德呆呆地拉了拉亞戴爾的衣角，小聲地問：「亞戴爾，你覺得隊長是要我們去修理戰神殿的人，還是去殲滅他們？」

「這個……我也有點不太確定了。」

亞戴爾有點困惑地說完，正好看見放在正中央的兩只大箱子，他高聲「喃喃」道：

「看來這就是隊長說的道具了吧。」

我在黑暗中點了點頭，雖然知道亞戴爾不可能看見。

他走過去打開兩個箱子後，便盯著裡面的東西，皺著眉頭思索。

艾德湊上前，好奇地拿起箱子中的事物，那是幾十件樣式相同的衣物，他驚訝地說：

「這不是皇家騎士服嗎？還有他們公家發的武器，竟然還有戰神殿的戰士服？要這些做什麼呀？」

眾太陽小隊隊員習慣性地看向亞戴爾，後者結束思索，再次大聲「喃喃」：「喔！看來我們要分成兩組人來行事了，怪不得需要這麼多人。」

聽到亞戴爾的喃喃自語，我滿意地點點頭，看來他確實知道要做什麼。

再說一次，亞戴爾真不愧是我挑中的副隊長，我當初眞是太有眼光了！

♣♣♣

審判騎士忙著訓練伊力亞，伊力亞忙著被審判騎士訓練。

亞戴爾領著太陽小隊和其他小隊的聖騎士，這幾天的半夜都忙著做我交代的事情，白天回到禁閉室就躺成一片，睡得好像亂葬崗的死屍一樣安寧，就算踩著那片屍體過去，都不會聽見一聲哀號，只有節奏十足的打呼聲。

粉紅和羅蘭也忙著爲我拜託的事情做事前準備，這次請託粉紅的過程倒是順利得很，我一提到要做什麼時，她就雙眼發亮，根本沒提要什麼報酬，所以我當然也沒提要付帳。

倒是羅蘭一聽到計畫內容的時候，驚訝得連臉色都嚇白了，雖然他的臉本來就是灰白色的，看起來還是沒多大差別。

哈啊～～我打了個大大的哈欠，從盤子拿起一塊藍莓餅乾塞進嘴裡，繼續翻著白雲借給我的書，《如何挑選決鬥中適合佩帶的幸運物》。

這種眾人皆忙我獨閒的感覺還眞不是普通地好啊！

突然「唰」的一聲，門被推開了，陽光從外面透進來，讓整個空間頓時敞亮起來，這沒有讓人感到刺眼，因爲我本來就點著一盞聖光在看書。

「若不是白雲告訴我，我眞不敢相信你眞的躲在這裡，躲在書櫃裡不是白雲的習慣嗎？而且，你眞的打算靠這本書應付即將到來的決鬥嗎？」

我抬起頭來，看見審判騎士正從書櫃外探頭進來，似笑非笑地看著我手裡的書。

我揚了揚眉，高喊：「可別小看這本書，它有用得很呢！而且我現在終於明白爲什麼白雲喜歡躲在櫃子裡面了，這裡只要點盞燈，簡直是完美的小天地。」

而且是個完全不會有人來打擾的偷懶小天地，以往就算躲在自己房間或祈禱室裡，也常常有人來找我，但可沒人會到書櫃裡找太陽騎士啊！

審判不予置評地說：「如果你看完這本書，對書櫃也沒興致了，那麼就去看看魔獄騎士長吧。」

「他怎麼了？難道學不會白雲的改良式雲蹤步？」

我皺著眉頭，那可就糟糕了，計畫中，伊力亞至少也得和戰神之子纏鬥十分鐘以上。

審判搖了搖頭，說：「他學習得很好，但看起來似乎心情低落，我稍微詢問過狀況，似乎是同儕給的壓力不小，他和公主有私情，又阻擾國王的計畫，種種作爲都讓其他皇家騎士有些看不起他。」

原來是這些問題。我了解地說：「喔，別擔心，那些事情在這幾天就會解決了。」

見狀，審判點頭說：「我已經告訴你魔獄騎士長的情況，既然你認爲這不是問題，那我也不多管了。」

這倒是讓我好奇起來，照理說，審判應該很簡單就可推論出伊力亞的困境過幾天會緩解，他爲何特地來跟我說魔獄的情況不好呢？

難道……我突然一動，脫口問：「你借給我的那五個審判小隊員沒告訴你，我讓他們去做了什麼嗎？」

「我要他們別跟我報告。」審判關上書櫃，門外傳來喃喃：「我一點都不想知道。」

看來審判也知道我這次的「胡鬧」實在鬧得不小，所以打定主意不想知道情況，這樣也好，免得我哪天被審判砍一劍，卻不能怪他，還得說「對不起，我實在太胡鬧了」之類的道歉。

我翻著手中的書，卻看不進去，思考著要不要去看看伊力亞的情況，拿起盤中最後一塊藍莓餅乾塞進嘴裡，隨意瞥了一眼書頁，只見上頭寫著：將愛慕的女子的手帕放在左邊的口袋，愛情將會守護你的心口要害。

嗯，這條對我沒什麼用，倒是伊力亞可以用用，還是去跟他提一下，記得向公主要一條手帕放在左邊口袋裡。

反正，藍莓餅乾也吃光了，繼續待在這裡沒意思。我抹抹嘴，將衣服拉整齊，然後踏出書櫃。

「白雲騎士長好——太、太陽騎士長？」

回頭一看，幾名聖騎士正露出彷彿頭部被重擊的呆滯表情，一看到我回頭，確定真的是太陽騎士後，幾個人震驚到化為一動也不動的石雕了。

「今日光明普照大地，灑落滿地慈愛，連書櫃都充滿友好的氣息，讓太陽忍不住想進去交流光明神的慈愛……」

胡扯完幾句解釋的話後，我趕緊一溜煙跑了，看來自己果真不適合躲在書櫃裡，要再多躲上幾次，恐怕聖殿走廊的石雕數量會多到阻礙往來交通的地步。

爲了避免麻煩，我特地回房披上斗篷變裝出門，這才離開聖殿去找伊力亞。

想想伊力亞才剛結束審判的嚴酷訓練，應該是累個半死，所以他會走的路線就是聖殿到王宮，嗯，或許半路會先去吃個飯？我想以審判和他的交情，大概不可能準備藍莓餅乾給他吃。

很快地，我就在一家位於聖殿和王宮中間的飯館中找到伊力亞，他神色疲憊，看起來頗爲消沉，與之前英氣勃勃的皇家騎士模樣大不相同，整個人活像遲暮老人，那張萬能型英俊的臉也失色不少，連女侍拿食物給他也是用丟的，媚眼都不願拋一個。

好慘啊！怪不得審判會叫我來看看他。

我走到他身邊的空椅子坐下，順便把他已經挾起來的牛肉搶走，塞進自己嘴裡。

他愣了好一會後，才緩緩地轉頭看我，疑惑地問：「請問您是哪位？」

我微微掀開斗篷，對他露齒一笑。

「啊！太、太……原來是您。」

伊力亞驚呼了一聲就沉默下來，看起來像在煩惱什麼事情，連餐具都沒動，一直到整盤牛肉被我吃掉一半，他才萬念俱灰地開口說：「我、我想自己還是不要參與決鬥了。」

糟糕！他居然想打退堂鼓！我連忙吞下嘴裡的牛肉，出言勸說：「怎麼這麼說呢？難道你不愛公主殿下了嗎？」

「不是的！」伊力亞反應超大，甚至跳起來大叫：「我絕對不可能不愛她，絕不可能！」

我點了點頭，故作疑惑地問：「既然如此，為何不想參加決鬥呢？難道你想把公主讓給戰神之子嗎？」

伊力亞消沉地坐了下來，低聲說：「我不想把公主殿下讓人，但我的身分根本配不上公主……」

「你的騎士同儕這麼說的？」

他點點頭，委屈加抱怨地說：「還有國王陛下和老師也這麼說，他們很氣我，完全不想聽我解釋，陛下甚至不願意見我。」

在伊力亞可憐兮兮的眼神下，我慢條斯理地挾起一塊牛肉，嚼完吞下後才緩緩開口說：「這樣吧！你還是繼續接受審判的訓練，再仔細想個兩天好嗎？如果你還是想要放棄，那再放棄也不遲。」

這一次，伊力亞倒是很快地點了點頭，有點興奮地說：「就是一直接受審判騎士長的訓練也沒有關係，審判騎士長的劍術眞是高強啊！我才接受一週的訓練，就感覺自己大有進步，簡直太不可思議了。」

「那當然了，審判在十三歲的時候就強得所向披靡，我看除了羅蘭，沒有人可以跟他一較劍術高低了。」

「羅蘭是哪位聖騎士？」伊力亞一聽雙眼放光。

「呃，他不是聖騎士。」我有點遲疑地說。

「喔，那麼是戰士、騎士，還是皇家騎士呢？」伊力亞連連問道，顯然很想認識實力高強到可以與審判騎士一比的羅蘭。

這下子換我好奇起來了，同是皇家騎士，難道伊力亞不認識羅蘭嗎？

「是皇家騎士，不過他已經死了，難道你沒有聽過羅蘭嗎？」

「啊……是羅蘭小隊長嗎？」

伊力亞恍然大悟地說：「我見過他幾面，不過只是擦身而過，沒有深入認識，他並不是一個好交際的人，甚至有點孤僻，也不喜歡與人爭鬥，雖然我知道他實力不弱，但沒想到原來這麼強啊！」

他懊惱地說：「早知道就該與他結交，這樣的話，或許我當初就可以勸他不要直接和前國王對上，他就不會慘死在前國王手上。」

「你知道羅蘭是被之前的國王害死的？」我有點訝異，這件事情不是讓現今的國王陛下封鎖了嗎？

伊力亞點了點頭，低聲解釋：「皇家騎士大多是知道的，只是看在大王子……國王陛下的份上，所以不說破而已。」

原來如此。

我點了點頭。畢竟羅蘭去找國王報仇的時候，當場也有將近五十來名皇家騎士，要全面封鎖消息本就不容易，而且大王子大概也沒很認眞地封鎖消息，反正他父王的名聲已經夠糟了，又已經選擇退位，沒差多這麼一則殘殺皇家騎士的流言。

看伊力亞這麼失望的樣子，我正想跟他說，我還認識一個也很強的「人」，有沒有興趣認識一下之類的話，卻看見他的背後有一大群人衝過來，我趕忙拿起桌上的牛肉移到別桌去，還裝作不認識伊力亞。

伊力亞不明就裡地看著我的舉動，下一秒就聽見有人喊他。

「伊力亞！原來你在這裡。」

伊力亞一愣，回過頭去，一大堆皇家騎士像群牛似地朝他衝過來，他連臉都嚇白了，一邊喃喃「該不會是要來圍毆我的吧」，一邊用委屈的眼神偷瞄我。

第一個抵達的皇家騎士用力拍上伊力亞的肩頭，低吼：「伊力亞，你一定要贏！」

「對！要把公主娶回來。」

「絕對不准敗給那個戰神之子！」

眾皇家騎士七嘴八舌，但總的來說，都是在罵戰神殿的種種不是，要伊力亞打贏決鬥，好扳回一城之類的話。

伊力亞聽得頭昏腦脹，抬頭起來就看見門口站著幾乎是他半個老師的年長騎士，連忙求救地喊：「老師！這究竟是怎麼回事？」

那名老邁的騎士卻像個火爆小夥子般地衝過來，一把抓住伊力亞的領子，低吼：「小子！你若是沒娶回公主，以後便不要來見我！」

「老師？」伊力亞目瞪口呆地看著老騎士，結結巴巴地問：「到、到底是怎麼回事？」

一旁的皇家騎士忿忿不平地說：「那些該死的戰神殿戰士居然趁晚上跑來偷襲我們！」

「還大嚷特嚷著什麼我們只會搞圍毆，又騎在馬上不公平，硬是要我們下馬和他們單挑。」

眾皇家騎士氣得聲音都高亢了起來。

「我們是騎士！騎士啊！本來就擅長騎馬和群戰，誰要和他們這些本來就專攻單打獨鬥的人單挑啊！又不是傻了！」

「不行。」

年長的親信騎士一個皺眉，毫不客氣地說：「你這實力還差得遠了，根本不可能打贏戰神之子，那個連劍都不會拿的太陽騎士更不可能贏！走走走！我要給你一點特訓！」

哼！你教訓學生，幹嘛扯到我身上來？我翻了翻白眼。

「等等，我剛剛才……」

伊力亞大概是想說他才剛結束審判騎士的訓練，但他說到一半卻發現自己不能透露這件事情，只得住口不說了。

伊力亞無奈地被老師拖起來，又被眾人拱著出去，只能用眼尾對我拋來一個又一個疑惑眼神。

「是戰神殿的人！」這時，一個皇家騎士咬牙切齒地大吼。

戰神之子領著一干戰士衝進飯館，怒氣值絕對不比眾皇家騎士低，他們瞪視的對象是皇家騎士，顯然目標是這些皇家騎士，而非伊力亞一人。

戰神之子一走到皇家騎士面前，劈頭就開罵：「你們這些騎士到底是什麼意思？居然找我們騎馬群戰？我們是戰士！誰跟你們騎馬群戰，又不是傻啦！」

聞言，早就臉色難看的皇家騎士們紛紛叫囂：「你們要求單挑才不合理，我們是騎士！誰要跟你們單挑啊！」

得到這回應後，戰神之子怒極反笑，竟對眾人下戰帖：「好好好！我就一個人單挑你們！要騎馬還是要騎驢都隨便你們，看你們要幾個人上都行，全部一起上也無所謂！」

皇家騎士面露怒容，這時，那名年長的親信騎士推開他們，走到最前方與戰神之子對峙，他冷冷地說：「有意思！也許你會想和我較量一下，我騎馬，但就我一個人上。」

直到這時，戰神之子才注意到這位比較年長的騎士，一看清對方的模樣，他皺起眉頭來。

我低聲自言自語：「那可是國王的心腹騎士之一，就算是你，也暫時不想惹火他吧？畢竟國王陛下的心腹騎士也就這麼兩個，他又是比較年長的那個，想必國王會很仰賴他的建議。」

戰神之子看來很是彆氣，想發火卻又不想惹惱眼前的人，最後只拋下一聲低吼：「我們走！」

那心腹騎士似乎也不想真正惹上戰神之子，不再出言挑釁，只是回過頭，拉長了臉，用力拍著伊力亞的肩頭，發出警告：「小子，決鬥好好打，要是打輸了，就有你好看的！」

「對！打輸就死定了你！」眾皇家騎士紛紛鼓譟起來。

伊力亞的臉色瞬間變得比羅蘭還白，拚命朝我丟來求救的眼色。

我很同情他，基本上，他能打贏戰神之子的機率跟我打贏審判騎士的機率相差不遠。

不過同情歸同情，我還是視若無睹地低下頭去，順便吞掉最後一塊牛肉，拿出手帕來擦嘴。

戰神殿和皇家騎士鬧得不可開交，伊力亞想不打都不行了，嗯，這麼看起來，可以讓亞戴爾不用再半夜不睡覺去執行任務。

我心情愉快地站起來，決定回聖殿去跟寒冰要一些藍莓餅乾，也許還可以叫白雲推薦一個沒人會經過的書櫃，再借我本書當睡前讀物，唉，日子真是太美好了！

# 太陽騎士每日第九行

「傳達光明神正確的教義。」

三人決鬥的當天，整座聖殿幾乎空無一人，大家都早早跑去決鬥場佔個好位子了。

「眞是的，連巡邏的騎士都跑得不見人影，簡直太沒有警戒心，雖然是和平的時代，但好歹有個競爭對手戰神殿正在我們的地盤上，整座聖殿沒有個守衛也太誇張了點。」

「沒辦法，你們就在這裡守衛聖殿吧！」

我把自己的太陽小隊從禁閉室放出來，這樣對他們吩咐。

他們露出百分之兩百的不情願表情。

「怎麼這樣……本來想偷偷從暗門出去看比賽的，隊長～～」

二十五名穿著盔甲的聖騎士用可憐哀求的眼神看著我，嘴裡還拚命喊著隊長，這個「長」字還拖超長的尾音，眞是讓我感到……

「噁心死了，滾！」

我怒氣沖沖地吼完，一個轉身卻看見副隊長亞戴爾消沉地站在面前。

他扯開一抹苦澀的笑容，誠懇地說：「隊長，我會好好帶領太陽小隊守衛聖殿的，雖然不能看見您戰鬥的英姿將是亞戴爾一輩子的遺憾，但身爲您的副隊長，我絕對會遵從您的每一個命令，只是仍不免感到遺憾啊……唉！」

「既然會那麼遺憾的話，那你安排好他們守衛的位置後，就過來看比賽吧。」

「是！」亞戴爾瞬間恢復元氣。

說完，我看看外頭天色已經全亮，自己還得去接一個人，如果再不啓程，恐怕就要遲到了。

雖然遲到這種事情我也沒有少做過，但當等待你的人包括一國國王、一國公主、自己宗教的教皇，還有另一個宗教的龍頭戰神之子，遲到就不太好了。

我才剛走開，後頭就傳來一堆叫喊。

「亞戴爾！你太卑鄙了！」

「無恥！」

「叛徒啊～～」

走出聖殿大門，我左右張望一下，立刻就在角落找到人，他靜靜地站在那裡，看見我走出來就往前一步，我對他一個點頭，然後繼續往決鬥場前進，我知道他會跟在後頭。

現在萬事俱備，好戲該上場了。

♣♣♣

走到決鬥場，站在門口守衛的皇家騎士對我點頭致意，但致意後卻看見我身後那人，他們立刻精神緊繃起來，一個高喊：「站住！」

守衛的這聲高喊也被決鬥場中的群眾聽見了，他們紛紛往門口行注目禮，首先是看著我，但不用一秒鐘，注意力就被後方那名打扮奇特的人吸引走了。

那人穿著一身緊身黑衣，衣服只在下半臉、胸口、要害處，以及小腿上覆蓋著鱗片般的銀甲，雖然這身裝扮完全是刺客打扮，不過他的腰間卻掛著一把長劍，而非刺客喜好的短刃或者匕首。

我對守衛騎士高喊：「他並不是可疑人士，而是聖殿的人，請讓他進來。」

聞言，眾人皆是一臉的好奇神色，而十二聖騎士的反應更大，通通狐疑地看了看那人又看了看我，有的人甚至忍不住偷偷翻了我一個白眼，對，就是那個大地騎士。

我微笑著對眾人解釋：「這位是魔獄騎士長，最近剛完成祕密任務，總算是歸隊了。」

烈火騎士第一個驚呼：「什麼！他不是太、太——太龍嗎？」

我點了點頭，說：「是的，沒有錯，魔獄騎士長的全名就是太龍·魔獄，你稱呼他爲太龍，確實沒有錯，只是在外人面前，你還是稱呼他爲魔獄騎士長，比較不會讓旁人誤解他的身分。」

烈火目瞪口呆，張著嘴卻說不出話來，而且驚訝的人不只他，十二聖騎士個個不是吃驚，就是一臉懷疑，再不然就是根本不相信的樣子。

趁著大家議論紛紛的時候，我快速掃描現場情況，這裡是葉芽城唯一的競技場，雖然名義上是提供給騎士決鬥用的場地，但實際用在表演和各種亂七八糟競賽的機會倒是高多了。

中間是石板鋪成的圓形場地，周圍則是觀戰用的看台，現在看台上壁壘分明，很明顯分成皇家騎士區、戰神殿戰士區和聖騎士區。

皇家騎士坐在靠近國王的看台邊，戰神殿的人馬在正對面，聖騎士則是分成兩邊，各自夾在前兩者之間當緩衝地帶，畢竟，皇家騎士和戰神殿互相瞪視的眼神凶狠到讓人懷疑等等其實是要進行雙方群體鬥毆，而不是三人決鬥。

戰神之子就坐在比武台邊，他後方的觀眾席當然是戰神殿的戰士們。

另一名代表皇家騎士的參賽者，伊力亞，則坐在戰神之子的正對面，隔著比武台遙遙相對，這時，他直直地瞪著所謂的「太龍．魔獄」，臉色很是僵硬。

這次比賽的主因，公主殿下則沒隨國王待在看台上，她大剌剌地在伊力亞身後的區域架起專屬的加油區，表現出完全支持心上人的模樣，絲毫沒給戰神之子和我留一點面子。

對此，戰神之子的臉色始終保持陰沉，我當然還是繼續掛著微笑。

公主殿下有些懷疑地看了看太龍．魔獄，然後給我送來一個警告的眼神。

當初我告訴公主的計畫並不多，只提到事情進行到三人決鬥時，我自然會幫她的心上人獲勝，其他的倒是一概沒提，同時也不能提，除非我想和火刑柱來個親密接觸。

這時，國王陛下緩緩地開口說：「聽起來，十二聖騎士似乎不認得自己的夥伴。」

我優雅地對國王行了禮後，解釋：「是的，國王陛下，除了太陽，其他人的確不認得這位夥伴。」

「喔？願聞其詳。」

國王看起來是眞的頗感興趣，讓我感覺有些不妙，這位剛上任的英明國王應該不可能發現伊力亞的事情吧？

我保持疑慮，想來被發現的機率應該不大，而且決鬥在即，暫時顧不上這個了。

我開口對眾人解釋。

「在十二聖騎士中，魔獄騎士長是很獨特的存在，隨著時代不同，魔獄騎士負責執行的任務也不同，但通常都是一些較隱密的任務，舉例來說，如果是戰爭時代的魔獄騎士長，也許就會負責潛入敵軍去探查軍事情報。」

「這麼說起來，魔獄騎士不就是像間諜或者刺客那樣的存在嗎？」

國王身旁的心腹騎士，年輕的那位，有些古怪地笑著說：「原來也有在做這種齷齪事的十二聖騎士嗎？」

一旁，伊力亞微微低下了頭。

我嚴肅地否認：「十二聖騎士沒有任何人是齷齪的。」

「在光明神的引領之下，聖騎士們秉持的原則是心靈上的正義，而不是愚昧的正義，在戰爭中，掌握確實的情報能減低聖騎士兄弟的犧牲，更能縮短戰爭的歷程，不讓光明神的子民在戰火中煎熬。」

「但是，情報並不會自動送上門來，更不是詢問就可以得來，爲了獲取珍貴的情報，必須有人犧牲站在光明下的權利，隱匿入黑暗之中，只爲了減少光明神的子民所受的苦痛，也爲了保護自己的聖騎士兄弟，更是爲了執行光明神的正義，這絕對和齷齪毫無關聯，而是最偉大的犧牲！」

說到此，伊力亞的黯淡神色已消失無蹤，只是愣愣地看著我。

我鄭重承諾：「請相信，聖騎士哪怕背對光明，面對著黑暗，但他們仍走在光明之下，而非黑暗之中。」

這話說完後，眾人皆露出深思的神色，公主甚至對我露出微笑，大概是因爲這席話能激勵她的愛人吧。

其實這話並不只適用在魔獄騎士身上，而是符合所有殘酷冰塊組的聖騎士長的處境，尤其是令一般民眾聞風喪膽的審判騎士。

聽完解釋，國王點了點頭，似乎也頗爲贊同，說：「太陽騎士，你讓我對聖騎士有更深一層的了解。」

我躬身行禮：「能讓國王陛下有此了解，是太陽的榮幸，也是光明神的旨意。」

「太陽騎士長，你的話說完了吧？」一旁，戰神之子努力想保持風度，所以方才一直沒開口打斷，忍到現在才終於用不耐煩的語氣催促：「說完就開始決鬥吧！」

「十分抱歉讓您久等了，就讓我們在光明的見證之下，展開一場友好的切磋。」高聲說完，我立刻邁步走向比武台，一個黑中帶銀的身影卻擋住去路，我輕皺著眉頭停下腳步，疑惑地問：「魔獄兄弟，你有什麼事情嗎？」

魔獄騎士簡單明瞭地說：「爭鬥並不是太陽騎士該做的事情，請讓我這個替身代替您上場戰鬥。」

聽到這話，我輕輕地「啊」了一聲，但遠在看台上的國王卻反應靈敏地問：「替身？太陽騎士，魔獄騎士這話是什麼意思？」

我有點爲難地看著國王陛下，吞吞吐吐地說：「這、這個……」

國王看了年輕的心腹騎士一眼，後者立刻不悅地高聲喊：「難道一向光明磊落的太陽騎士，心中竟藏著什麼不能說出口的事情嗎？」

我故意回頭看了眼審判騎士，他是唯一有辦法在不知情的情況下，卻還有辦法與我配合的傢伙。

雖然審判搞不清楚狀況，但他收到我這一眼後，立刻用薄怒的語氣說：「太陽騎士長，此事是聖殿的機密，你若硬是要說，事情就由你負責！」

我露出遲疑的神情，隨後嘆了口氣，開始解釋：「那就由太陽來負責吧。是這樣的，國王陛下，魔獄騎士曾經被認爲是太陽騎士的暗地身分，而不是一名眞正存在的聖騎士。」

這話一出，眾人的注意力全都被吸引過來，就連戰神之子也被光明神殿的機密吸引，沒有繼續催促，反而專心聽我說，畢竟這也是個重要情報。

「但不論以往的眞相如何，現在的魔獄騎士確實是眞正存在的人物，只是他們在擔任魔獄騎士的同時也被賦予太陽騎士裡身分的任務，所有不合太陽騎士行爲規範的任務，都會由魔獄騎士接手完成。」

向國王解釋完以後，我轉頭面對魔獄騎士，苦口婆心地勸：「魔獄騎士長，請你讓開吧，這場鬥爭得由我自己上場才行。」

「不！」

魔獄發出憤怒的低吼：「若您要親自上場爭鬥，做出不合太陽騎士的行爲舉止，卻不願意讓我這個替身接手，那就是毀滅我存在的意義，您只有一劍殺死我，再踩著我的屍體上台。」

我表面啞口無言，心裡暗暗叫好，表現得超乎預期！

現場則是一片譁然，聖騎士向來是溫文有禮的代表，極少會說出這樣失控的話來。

「魔獄騎士長，我不能讓你代替我上場。」我輕輕嘆了口氣，無奈地說：「即使你打贏了，又豈能算是我的勝利呢？」

魔獄騎士冷漠地說：「那就踩著我的屍體上台吧！」

我帶著怒意喝斥：「這是不可能的事情，請讓開，魔獄騎士長。」

「不！」魔獄騎士長只吐出一個字，但這個字卻強烈得足以讓眾人心頭一震。

我們陷入僵持狀態，魔獄看著我，眼神很堅定，或者應該說，他正在努力保持堅定，我相信這對他來說並不難，因爲他本來就是個從頭到腳都很堅定的人。

「那便讓魔獄騎士長上場替代太陽騎士吧。」

打破僵局的人卻是公主殿下。

她用輕柔語氣說：「既然是願意以性命跟隨太陽騎士長的人，那和太陽騎士親自上場也沒有差異。」

我搖了搖頭，嘆道：「感謝公主殿下的諒解，但是另外兩位參賽者恐怕不願意接受這番安排。」

伊力亞立刻回答：「只要公主不反對這番安排，那我也接受。」

戰神之子卻皺起眉頭，遲遲不表示同意，這倒是很好理解，雖然他不清楚魔獄騎士的實力，但不管怎麼說，都不可能比傳聞中的我來得更差吧。

我連忙火上加油，說：「戰神之子殿下若不願也是應該的，若魔獄騎士打贏了，那對他也是不公平的。」

聞言，戰神之子沉下臉，冷哼一聲後吼：「誰說我不肯？哪個人上場都沒有差別，這場比賽會是由我贏得勝利！」

既然有資格說話的人都同意，事情也就這麼確定了，三個爭奪公主的男人站上比武台，要展開一場決鬥。

身爲三個爭奪公主的男人之一，我則走回十二聖騎士的行列之中，就站在審判騎士旁邊。

審判嘴角微微上勾，輕聲地說：「原來你根本就沒有上台的意思。」

「當然，我對於在大庭廣眾之下被打成豬頭的事情是一點興趣也沒有。」

我理所當然地說完後，又瞥了他一眼，懷疑地說：「依審判你的推理能力，在看見我拿著白雲的那本什麼挑選幸運物的書時，就應該要猜得出來才對，難道你認爲我是個會靠幸運物來推動計謀的人嗎？如果沒有百分之兩百的把握，那至少也要百分之一百的把握，我才會『大膽』去做。」

「確實是我想得不夠清楚。」審判搖了搖頭，好笑道：「不要說看到那本書了，我早在你答應一場決鬥時，就該知道你絕對不是要自己上台打鬥才是。」

我翻了個大白眼。這是什麼話啊！好歹我也對付過不死生物，粉紅派來的那些不死生物偶爾也會有強者的！

一名僕人突然走過來恭敬地對我說：「太陽騎士，國王請您過去。」

我點了點頭後立刻走到國王面前，毫不畏懼地微笑看著他，就算陛下知道這一切都是我搞的鬼，但堂堂一國之王總不能在大庭廣眾之下吃了我吧？

國王則對身旁的兩位心腹騎士揮了揮手，兩人立刻明白，邁步站到聽不見的位置。然後，國王又對我招了招手，我走上台階，一路走到陛下身邊，恭敬地低頭傾聽，他咬牙切齒地低聲對我說：「如果不是確定我妹妹真的喜歡伊力亞，我是不會任由你胡來的！」

「雖然太陽不知國王陛下說的胡來是指何事，但太陽對您愛護手足的心意感到欽佩。」

我由衷地說出這話。

如果國王執意要把妹妹嫁給戰神之子，那至少有十種方法可以破壞我的計謀，然後照原訂計畫把公主嫁到戰神殿去，但他卻沒有採取任何一種，甚至可以說完全袖手旁觀，任由事情發展下去。

「哼！若是你搞出這一大堆事情，卻不能讓我妹妹如願嫁給心上人，並且不留下任何嚴重後果，就有得你好瞧的。」

國王就像個心急妹妹幸福的哥哥，再度惡狠狠地瞪我一眼後，皺著眉轉頭看比武台上的情況，不再理會我。

國王會皺眉不是沒有原因的，雖然曾接受過審判的訓練，但伊力亞打贏戰神之子的機率仍舊與我打贏審判騎士差不多高。

這件事情，我知道，審判知道，戰神殿知道，皇家騎士知道，國王自然也知道。

但他們卻不明白，「贏」有很多種定義，尤其是在爭女人的時候。

當我離開國王身旁，走回十二聖騎行列時，台上早就已經迫不及待地打起來了。

第一個出手的人是戰神之子，這不難理解，戰士向來崇尚主動攻擊取得先機，騎士則重視防禦大過於攻擊，這兩者對打的時候，多半都是戰士先手，騎士等待時機反擊。

「好劍術！」

審判騎士低喝一聲，眼神裡滿是躍躍欲試的神色。

這話當然不是在誇獎伊力亞，伊力亞的劍術固然還算不錯，但絕對不足以讓審判驚艷，他指的是羅……是台上的魔獄騎士長，以及戰神之子。

比賽一開始，戰神之子很快就弄清楚眞正的對手是誰，雖然表面上看起來是三人纏鬥，但其實大多是戰神之子和魔獄騎士在對戰。

過程中，戰神之子曾經想要先解決伊力亞，再專心對付魔獄騎士，不過前者的步法實在太過詭異，劍術也算不錯，就是他也無法在一瞬間打敗伊力亞，更何況還有魔獄騎士在一旁虎視眈眈。

即使是戰神之子，如果不專心與魔獄騎士對戰，也是很有可能落敗的，當然這一切都建立在台上三人只單用劍術對打，且不是性命相爭的狀況，若是用上劍術以外的能力，恐怕情況又會大不相同。

畢竟敢號稱戰神之子，恐怕也有非常獨到的神術，而「魔獄騎士」可不是只有劍術能出手，就連伊力亞都有著不能用出來的神術。

台上表裡如一的人是一個都沒有。

以上，都是審判騎士的獨家解說。

事實上，我只看見一堆刀光劍影，三個人影閃過來又閃過去，武器對擊的鏗鏘聲不絕於耳，讓人看得是眼花撩亂。

還好自己沒上場，不然光是武器對擊的聲響就夠讓人心疼到死了。

「若是你上場，並不會出現武器對擊的聲音，因爲你會瞬間落敗。」

審判聽完我慶幸的話後，是這麼回應的。

緊接著他又安慰道：「別太過在乎，你的專長在於對付不死生物，如果對手是不死生物的話，你比台上三個人都強。」

「但對手是活人的話，你的戰鬥能力還沒有伊力亞的一半強。」

他說完安慰的話後，又補上一句更傷人的話。

我超級不爽地故意挑釁：「那你和魔獄騎士長，誰比較強呢？」

審判瞥了我一眼後，緩緩地說：「這很難說，而你該知道我的意思。」

我立刻乖乖閉上嘴，想起太龍．魔獄可不只有「拿起劍來打」這種能力，事實上，「提劍戰鬥」可能還是他最沒有威脅性的能力了。

不過話又說回來了，如果是要對付「太龍．魔獄」，那麼身為一名聖騎士，審判騎士也不單單只有「用劍砍他」這種手段。

所以說，兩人之間的勝負眞的很難定論，唯一可確定的是，審判果然已經知道「太龍．魔獄」的眞面目了。

雖然，我並沒有想欺瞞審判的意思，但總是會對他的洞察力感到害怕，哪天我若眞的有事情必須瞞著他，恐怕是非常不容易達成的任務。

「你怎麼知道他是誰？」我忍不住低聲詢問。

「這麼強的劍術很容易辨認。」

原來如此，用劍高手眞是討人厭啊！

「你的表情像是在說劍術高手都該死。」審判瞥了我一眼。

「你再繼續猜中下去，我就會認爲其實審判騎士長根本是我肚子裡的蛔蟲。」

審判收回視線，不過嘴角卻上揚了。

我有點不甘心地問：「現在打得怎麼樣了？」

「戰神之子果然不愧是戰士之首，實力不容小覷，如果太龍．魔獄不使用劍以外的力量迎擊，那麼他一定會輸。」

我更詳盡地詢問：「即使在伊力亞和太龍．魔獄的圍攻之下，戰神之子不使用神術，他還是會贏？」

「是。」

「不愧是戰神之子，眞強啊！」我不禁發出讚歎。

「你的表情像是在說，幸好我壓根就沒打算自己上場。」

「閉嘴，蛔蟲！」

審判的眼中充滿笑意，幸好所有人都專注在台上的打鬥，沒有人注意到他的眼神，否則殘酷無情的審判騎士居然帶著笑意，這恐怕會嚇死一大堆人。

我看看時間也差不多了，低聲對審判說：「等會不管發生什麼事情，你都不要出手。」

審判點頭同意，果斷地說：「那我就先離開了，以免讓其他人懷疑我沒有出手的事情。」

我點了點頭，不愧是審判，想得果然周到。

「如此，我也可以避免知道你到底做了什麼。」

……也好！免得我不小心觸動審判忍受胡鬧的底限，被他海扁一頓後還要道歉。

審判走出決鬥場後，我看著比武台上，武器的鏗鏘聲仍舊沒有間斷，甚至還有越來越猛烈的趨勢，台上鬥氣橫飛，那氣流猛得把我的頭髮都吹亂了，石板鋪成的地面還裂開好幾條大縫，細碎的石塊被鬥氣捲得到處亂飛。

周圍不管是騎士、聖騎士，或者戰士，通通目不轉睛地看著比武台，深怕漏看哪一幕，時不時還發出驚讚聲和歡呼聲。

算算，應該也差不多時間，再打下去，要是伊力亞撐不住先落敗的話，那前功盡棄也就算了，重點是我還不知該怎麼收場。

伊力亞若是輸了，又絕不能讓戰神之子娶公主，難不成我真的要自己娶公主啊？那估計新婚之夜時，我得穿著全罩式盔甲睡覺，以免老婆犯下謀殺親夫的罪行。

我伸手到口袋中，捏破早就放在裡面的琉璃愛心。

行動，開始！

# 太陽騎士每日第十行

「鞏固信徒。」

台上的魔獄騎士突然踹了伊力亞一腳，後者顯然沒料到會被盟友攻擊，這一腳挨得可結實了，整整被踹得飛出好一段距離，最後才驚險地停在比武台的邊緣，差點摔下去。

簡直嚇死我了，還以爲他會跌下去呢！

由於這腳挨得實在，伊力亞看起來十分痛苦，一時之間根本無法爬起來，但他還是努力掙扎著站起。

見狀，戰神之子立刻打算上前解決他，卻被太龍．魔獄擋下來。

「你爲何處處維護他？」

戰神之子露出懷疑的神色，猛然大叫一聲：「難道你們是一夥的？」

糟糕！我臉色一變。

「一夥？」

太龍．魔獄只是搖了搖頭，不慌不忙地說：「這種事情還能結夥嗎？公主只有一位，也不能嫁兩次，只是若讓你解決伊力亞，那我離失敗也不遠了。」

聞言，戰神之子揚起一抹驕傲的笑容，傲氣地說：「即使你們聯手，也贏不了我！」

「那倒是眞的。」太龍．魔獄非常誠懇地同意，甚至補充一句：「你的劍術很好，也許比我更好些，而力量則是遠遠超過我。」

聞言，戰神之子大笑著說：「你也不錯，這速度眞是不賴！」

你們也不用這麼惺惺相惜吧？我有點哭笑不得，雖然太龍．魔獄如果眞的能和戰神之子打好關係，那倒也不錯，畢竟是相鄰的兩座神殿，沒必要打個你死我活，讓遠方的渾沌神殿莫名其妙漁翁得利。

「讓我們公平決鬥吧！」太龍．魔獄擺出戰鬥起手式。

戰神之子低喝一聲「好」，也跟著擺出戰鬥起手式，兩人心情看來竟是相當不錯，完全沒有情敵互爭女人的樣子。

這時，伊力亞終於站起來了，他看來有些氣餒，甚至無法繼續加入兩人的對戰。

對他的氣餒，我倒是頗不以爲然，要知道，他的對手一個是戰神之子，另一個則是——反正，這兩人都是非人的強大啊！輸給他們絕對算不上一件可恥的事情。

同時，我也相信伊力亞的同袍看完那兩人的強大後，也不會認爲輸是件可恥的事，能夠站在台上與那兩人對戰這麼久，也能算是個頂尖強者了。

更何況，伊力亞還是名騎士，他本來就不擅長單打獨鬥。

換句話說，伊力亞、戰神之子和太龍．魔獄，如果各自率領一支軍隊，展開三方戰爭的話，說不定他們反而無法贏過伊力亞。

而我就是想造成這種假象，單打獨鬥，伊力亞至少可以和兩人纏鬥上十幾分鐘，但說到領軍作戰，伊力亞說不定可以勝過那兩人。

這樣在眾人眼裡，尤其是看在皇家騎士的眼裡，伊力亞也不算眞的敗了。

這時，伊力亞深呼吸一口氣，鼓起勇氣要重回戰局，不愧是長年當臥底的魔獄騎士，這心志不是一般的堅韌。

但我的目的可不是要他繼續打下去，然後眞的輸掉比賽，趁著他站在比武台邊緣，在三人中離公主最近，我猛然發出吼聲：「公主有危險了，快去保護公主！」

伊力亞一愣，反射性朝公主跑去，這傢伙也好樣的，一聽到公主有危險，竟然連勝負都不顧了，直接跳下比武台，朝公主跑過去，看得出對她確實是眞情實意的愛慕。

另兩人則是過完一招後，才扭頭看向公主，沒有發現異狀之下，都沒有跳下台。

公主坐在原位有些不知所措，因爲身後的看台上全是自家的皇家騎士，所以她身邊只有兩名隨身女僕，並沒有帶上護衛騎士，這倒是正好合我的意，女僕們即使聽到我的示警聲也是一臉茫然。

伊力亞已經跑到公主面前，眼見沒什麼事情，他疑惑地回頭望著我，這時，一道黑影正好從旁斜斜射入他的胸膛，立刻讓他倒地不起，只能雙手抱著胸口，滿臉都是痛苦神色，十來條黑色煙霧從他胸口冒出，看起來簡直像是十來條黑色的蛇從人的胸膛爬出來，情狀十分駭人。

這時，我也「正好」跑到伊力亞的身旁，低頭一看，驚呼：「這是……是黑暗的詛咒！」

公主毫不畏懼伊力亞胸口冒出的詛咒黑煙，直撲到他身上尖叫：「伊力亞！」

我的神色沉了下去，抬頭遙望觀眾席，眾人立刻順著我的目光看過去。

我看的位置十分偏遠，坐在那裡的人全是民眾，在眾人間有一個穿斗篷的人，看起來十分顯眼，他就是我的視線注目焦點。

在眾人的注視之下，他猛然掀開斗篷，竟是一隻罕見的女妖！

哇喔！我拚命忍住稱讚粉紅的衝動。

這隻女妖眞是美艷中帶著淒涼，五官姣好，身材火辣辣，皮膚是蒼白帶點陰森的綠，衣衫破得恰到好處，正好露出修長的腿、乳溝和肚臍，但又不至於變成十八歲以下禁止觀看的畫面，眞是又美又艷又恐怖。

雖然她看起來不像活人，但也絕對不是死人，其實女妖是種被詛咒的生物，雖說是「被詛咒」，但有不少情況是女人自己詛咒自己，特地讓自己變成女妖，以便擁有力量去做復仇之類的事情。

沒錯，這隻女妖是我拜託粉紅派來的，而且還特地吩咐別派不死生物過來，在全場充滿聖騎士的情況下，不死生物不但容易被發現，而且還可能被聖騎士反射性丟出去的聖光淹死。

但我還眞沒想到粉紅能找到一隻女妖，這種東西可一點都不常見。

這時，女妖直接從看台跳到會場中，拖著緩慢的步伐朝國王方向走去。

嚴格說起來，女妖就是一名女性，而且多半還是滿腹冤屈的女人，通常有著非常悲慘的遭遇，加上這隻女妖又是個半裸美女，站的位置離所有人都還有一大段距離，一時之間，滿場騎士竟沒有人上前阻擋。

女妖咯咯地笑，不時尖叫：「我要復仇、復仇、復仇！」

看台上，年輕的心腹騎士怒吼：「胡說！公主殿下和伊力亞騎士怎麼可能與妳這種邪惡的東西有冤仇！」

「哈哈哈，不是公主，是國王！他對我始亂終棄，還殺我與肚子裡的小孩！孩子啊，媽媽對不起你！」

女妖拚命摸著肚子，又哭又笑的，看起來神智不清，十足瘋狂。

國王瞪大眼，他身旁那位永遠沉默的王后終年保持的優雅微笑消失了，眾人則難以置信地轉頭看著國王陛下。

剛登基爲王的國王陛下明明名聲良好，別說始亂終棄了，根本不曾聽過他與王后以外的女人有過糾纏，難道王子登基成國王就會自動變成花心男人？

國王的臉色難看得無以復加，嘴角抽搐不止，幾乎是從牙縫中擠出話來。

「胡說八道！我從來不曾見過妳。」

根據我偷瞄的結果，國王的臉色之所以如此難看，完全是因爲王后陛下那雙絕對超過十公分的高跟鞋鞋根正踩在他的腳上。

女妖尖聲大叫：「不是你，是你父親！」

大夥都鬆了口氣，王后重新掛上優雅賢慧的微笑，也把鞋根從國王的腳上「拔」起來，收回長裙底下。

大家紛紛發出抱怨。

「嚇死人了，也不說清楚！」

「還以爲大王子一成爲國王，就從怕老婆的傢伙變成好色鬼。」

「原來是之前那一位國王，那就不奇怪了！」

國王強忍痛苦，扭扭腳板，怒火沖天地對女妖厲聲道：「即使如此，妳也不可血口噴人、濫傷無辜（我的腳好無辜啊）！皇家騎士，立刻將她拿下。」

收到國王的命令，皇家騎士立刻整齊劃一地拔出武器，熟練地展開包圍圈。

聖騎士則是紛紛看向自己直屬的聖騎士長，然後，十二聖騎士紛紛轉頭看著我。

我皺了下眉頭，說：「這一定是上次來襲的不死生物的同夥，眞是可惡的女妖！我們不能讓她爲所欲爲地傷害人，聖騎士兄弟，立刻上前幫助皇家騎士。」

「是！」

聖騎士齊聲喊完，立刻加入圍捕的行列，長年與皇家騎士當鄰居的效果也出來了，兩者配合得非常好，形成的包圍圈簡直無懈可擊，別說區區一隻女妖，就是死亡領主來了都照樣死第二遍。

女妖在包圍圈內拚命攻擊，可惜一般攻擊全讓騎士的盾牌擋下來了，就是盾牌擋不下來的無形詛咒，也有聖騎士的聖光擋住，根本傷不到任何人。

皇家騎士從盾牌空隙中伸出長槍，一步步逼近仍在做困獸之鬥的女妖，雖然她剛才偷襲伊力亞的能力很不錯，一般騎士在倉促之間根本擋不住詛咒攻擊，但說到正面對戰，她卻沒有半點招架之力，只能眼睜睜看著長槍慢慢逼近，甚至刺進自己的身體，而她的攻擊卻連騎士們的皮都沒擦破一點。

我偏過頭去，不願見到這幕景象，雖然只是一隻女妖，甚至有可能是粉紅製造的假女妖，但不管怎麼說，我實在極度不願見到任何無辜的東西因爲自己的計畫而犧牲。

「太陽騎士！」這時，公主突然尖叫：「伊力亞他、他快不行了！」

怎麼可能這麼快就不行了？我明明讓粉紅挑那種視覺效果最恐怖，但卻又最難殺死人的詛咒。

但也難保粉紅有故意掉包詛咒的惡趣味，所以我還是快速跑到兩人身邊，拿出之前當作聘禮的玫瑰手珠，說：「公主，請捏破手珠來維持伊力亞騎士的生命，直到教皇陛下唸完咒語驅逐詛咒。」

教皇這死老頭聽到我的話後，才拖拖拉拉地開始唸咒語。

我的話才說完，公主立刻搶過玫瑰手珠，好像這些珠子是不值錢的玻璃珠，一顆接著一顆捏破，看得我那個心痛啊！

「妹妹、妹妹，妳捏慢點，慢點啊！捏那麼快效果也不會比較好！」

沒想到，國王陛下比我還心痛，想來，他早就把那串玫瑰珠當作自己的東西了。

雖然我本來就打算要把這串珠子當作是謝罪用的禮物送給國王陛下，免得他以後找我麻煩——咦？這麼一想，我又何必心痛呢？反正那也不是我的東西。

公主殿下就請妳盡情使用吧，再捏快一點都無所謂啊！

這時，台上早已停下決鬥，戰神之子冷冷地說：「死了又有什麼關係，太陽騎士不是會起死回生術嗎？」

眾人目光立刻聚集到我身上，公主更是期盼地抬頭問：「眞的嗎？就算伊力亞死掉，你也可以把他救回來嗎？」

我慎重地點了點頭，承認：「太陽的確是會起死回生術。」

聞言，眾人皆譁然，連國王陛下都不禁變了臉色。

我神色一沉，厲聲說：「但是，非到逼不得已，而且必須徵求當事者的同意，否則太陽絕不使用這種神術！」幸好需要起死回生術的當事者通常都死了也不能同意。

「爲、爲什麼？」公主驚呼，畢竟她的愛人正在生死邊緣。

「因爲起死回生術的限制實在太多了，只能在死亡八小時內施展，若施展在八小時後的屍體上，就會將這具屍體變成不死生物！」

「而且起死回生術不能施展在自然老死、病死，甚至是被毒死的人身上。」我停頓了一下，說：「即使是施展在像伊力亞騎士這種被詛咒的人身上，也是很危險的一件事情，假若他醒過來，身上的詛咒也不會解除，或許會在瞬間再次死亡。」

「除此之外，起死回生術還有種種副作用，目前已知的副作用有頭上長出犄角、全身覆蓋鱗片或毛髮、多長出一雙手臂，甚至是神智瘋狂，以及終身癱瘓。」

我一口氣說完起死回生術的所有缺點，這下子總算是將起死回生術的種種缺點宣告於世，還順便把歷史上曾經出現過的嚴重後遺症全說出來，以免有人還是想來找我施展起死回生術，那可就麻煩了。

聞言，眾人神情一沉再沉，尤其是公主殿下，她簡直快泣不成聲了。

唯有戰神之子露出欣喜的表情，想來他終於搞懂起死回生術的不實用，完全不可能讓光明神殿藉此擴張信仰。

我意味深長地說：「復活永遠都要付出比死亡更大的代價。」

這時，一旁拖拖拉拉的教皇總算唸完最後一句咒語，聖光籠罩在伊力亞全身。

沒等光芒消散，伊力亞就輕輕地呻吟了一聲，睜開雙眼，露出虛弱的微笑，喊：「公主殿下。」

「伊力亞！喔！伊力亞！」公主緊緊抱住自己的愛人。

見狀，戰神之子臉色難看得像個被戴綠帽的丈夫，跳下比武台，筆直地朝兩人走去，他身後的戰士也跟著走過去。

聖騎士們紛紛看了我一眼，沒得到指示，就站在原地不動。

這時，皇家騎士卻在無人指揮的狀況下，整齊劃一地快步擋在公主和伊力亞身前，瞬間形成一道堅不可破的盾牌牆。

戰神之子用力地「哼」了一聲。

戰神殿的戰士立刻迅疾地全抽出武器。

皇家騎士們也從盾牌後方伸出長槍。

頓時，現場情況緊張了起來。

聖騎士們原本還興致高昂地隔山觀虎鬥，但是，某名聖騎士突然想起來，驚呼：

「啊！我們的太陽騎士不是也想娶公主嗎？」

聖騎士們猛然驚醒過來，連忙看著自己直屬的聖騎士長，等待命令下來，而十二聖騎士則全看著我——差點忘記自己是爭公主的其中一人。

我連忙露出感動的神色讚歎：「啊！騎士捨身拯救公主，公主以美麗的淚水回應，這是多麼令人感動的愛情啊！若是破壞這樣真摯的情感，哪怕是慈愛的光明神都會對太陽怒目而視吧！」

聞言，十二聖騎士收回視線，繼續看他們的熱鬧去。

見狀，聖騎士們也繼續隔山觀虎鬥，基於皇家騎士好歹也是住在同一座城的鄰居，而伊力亞的人緣著實不錯，所以聖騎士們都選擇幫皇家騎士和伊力亞加油。

看他們加油的那股熱烈勁，加上年輕人總是血氣方剛，若是皇家騎士和戰神殿真的開打，聖騎士恐怕不免會上前助陣。

這時，皇家騎士們和戰神殿的戰士動也不動，只是用眼神殺戮對方，現場頗有兩軍對峙，開戰前的死寂之感——如果旁邊沒有一堆聖騎士在搖旗吶喊、火上加油，氣氛的確還滿緊張的。

瞧瞧自己家聖騎士加油的勁頭，我甚至覺得他們不是想助陣，而是想去打頭陣了。

「那些戰神殿的傢伙之前居然打我們光明神殿的人！」

「連我們的太陽小隊也敢打，活得不耐煩啦！」

「皇家騎士，上呀！幹掉戰神殿的龜兒子，他們差點就殺死亞戴爾！」

我轉頭看暴風，他解釋道：「你的副隊長亞戴爾在聖騎士之中的聲望大概等於伊力亞在皇家騎士中的地位，而你的太陽小隊也差不多等同伊力亞領軍的那夥年輕菁英騎士。總而言之，你的太陽小隊不管是在平民、在光明神殿、在聖殿，甚至是在皇家騎士之間，全都很吃得開，連我也時常找他們幫忙，所以戰神殿這次敢打太陽小隊，是犯了眾怒。」

「喔！」我微笑了。原來如此，看來自己還真是小覷亞戴爾和太陽小隊，以後可以再多交代他們一些任務去做。

「太陽，你別這麼笑啊！這讓我感覺自己好像害了他們。」

暴風既像是在和我說話，又像是在喃喃自語。

「暴風兄弟怎麼這麼說呢？在光明神的見證之下，暴風兄弟真是幫了太陽一個如同太陽般燦爛的大忙呢！」

「那就真的是害到他們了。」暴風嘆了口氣，繼續喃喃：「看來回頭要請他們喝杯酒。」

「不過說真的，你是想讓他們打起來，或者是不打起來呢？」他有點疑惑地問：「你先說說，讓我們有個心理準備吧？」

除了暴風，其他的十二聖騎士紛紛看過來，還有好幾個人老早就把手搭在武器上，做好隨時可以戰鬥的準備。

見狀，我連忙解釋：「我相信，慈愛的光明神只想讓美好的愛情能夠開花結果，並不希望看到爭鬥和無謂的鮮血。」

「喔。」

十二聖騎士紛紛把手從自己的武器上移開，烈火還露出很失望的表情，喃喃：「還以爲可以幹一場大的！」

事情看來一觸即發的時候，國王終於緩緩站起身，沉聲低喝：「都給我住手！」

「國王陛下。」戰神之子怒氣沖沖地說：「難道您忘記我們之間的約定嗎？」

被當眾質問，國王立刻沉下臉，雖然戰神之子知道自己失言了，卻只是皺皺眉頭，似乎沒打算掩飾失言的話。

「戰神之子，何妨讓有情人終成眷屬呢？」我十分誠懇地說：「太陽都願意退出了，難道戰神之子您還要繼續爲難這對有情人嗎？」

「哼！」戰神之子冷笑了一聲。

我微笑以對，知道重點根本不在公主身上。

「不如，就讓國王陛下幫助戰神殿，在忘響國興建一座戰神殿分部，以此來爲公主無法回應戰神之子的愛意致歉，如何？」

聞言，戰神之子和國王陛下十分驚愕地看著我，連自己家的十二聖騎士也皺起眉頭，但我繼續微笑以對。

「如果是如此有誠意的道歉嘛……」

戰神之子慢吞吞地說，同時偷瞄國王一眼，見後者沒有反對之意，他立刻同意，還裝模作樣地感嘆：「好吧，唉！其實我也不想拆散一對有情人。」

我大力誇讚：「太陽聽聞戰神是個至情至性的性情中神，他肯定不願做出奪人所愛的事情來。」

「沒錯！戰神的確如此，想不到太陽騎士你居然這麼了解我們的戰神。」

戰神之子非常贊同地大點特點頭，眼中對我的敵意突然消失一大半。

我熱情地回應：「哪裡哪裡，怎麼說我們都是鄰居，本來就該多多了解彼此！」

戰神之子哈哈大笑：「沒錯，改天我們該好好喝一杯。」

「你們也用不著這麼惺惺相惜吧？」暴風在一旁喃喃自語。

事情至此，決鬥也不用進行了。

戰神之子在跟太龍．魔獄打過招呼，甚至還約好下次切磋的時間後，很滿意地帶著戰士們離開，連一眼都沒再丟到公主身上，看來他真的對公主沒有半點興趣，迎娶公主純粹就是個任務。

皇家騎士則是摸不著頭緒地看著伊力亞和我，眼中大有懷疑之色。

我卻沒理會他們，直接招呼所有聖騎士們朝決鬥場的門口走去。

在即將走出決鬥場時，我突然轉身對伊力亞微笑，說：「對了，伊力亞騎士，感謝你之前出手相救我的副隊長亞戴爾。」

伊力亞愣了一下，露出燦爛的笑容說：「不客氣，而且，我想我們已經扯平了，太陽騎士長。」

「國王讓我來告訴您，公主用在我身上的八顆玫瑰手珠，請盡速補上。」

過了幾天後，伊力亞暗地找上我，捎來國王的訊息。

這讓我鬆了口氣，雖然還要補上八顆手珠，但國王這話也表示是接受賠罪禮物了，雖然不能斷定他不會記仇，但至少不會明目張膽地找我麻煩。

「還有，公主殿下說，您從卑鄙無恥的代言人升級到卑鄙無恥的好人了。」

除了苦笑，我也沒別的話好說了。

話傳達完了，但伊力亞沒有離開，而是欲言又止，這讓我也放棄離去的念頭，等著他把話說完。

過了好一會後，他才有些困窘地說：「聖騎士即使背對光明，卻仍走在光明之下……您、您一定不會明白這席話對我有多麼重要！」

我對他露出微笑。

我當然知道這席話有多重要，記得以前，審判騎士曾經有一段非常沮喪的時期，甚至開始質疑自己根本就不是聖騎士，在那時候，我送上這段話後，他就幾乎沒有拒絕過我一大堆亂七八糟的要求。

伊力亞十分誠懇地說：「請您放心，雖然戰神殿獲准在忘響國建立神殿和傳播信仰，但是，我、皇家騎士還有公主殿下，都會站在光明神殿這邊。」

我微笑地說：「我以光明神的代言人身分深深感激你，伊力亞騎士。」

「我也感謝您，太陽騎士長，但是……」伊力亞露出疑惑的表情，問：「那名假的魔獄騎士到底是怎麼回事呢？」

「嗯？你爲何說魔獄騎士長是假的呢？」我露出恰到好處的疑惑表情，反問：「太陽不明白你的意思。」

聞言，伊力亞愣住，思索好一陣子，才笑著說：「不，您聽錯了，我剛才是說魔獄騎士的劍術眞好，有機會的話，眞想和他切磋切磋。」

「感謝你的稱讚，我會轉達給魔獄騎士長。」

伊力亞面露欣喜之色，說：「我眞的很希望有機會可以認識他。」

我笑著回答：「當然，我一定會轉達。」

「感激不盡。」伊力亞看起來十分歡欣，這些劍術高手還眞是喜歡切磋，他說：「那麼我就先告辭了，太陽騎士，若有任何需要幫助的事情，歡迎您來找我，我希望您知道，只要是背叛王室之外的事情，我絕不會拒絕您的任何要求！」

我深深地看著他，語氣特別強調地說：「好的，太陽如有困難，必以『朋友』的身分請求您的幫助。」

伊力亞愼重地點頭，承諾：「我明白了，從今以後，魔獄騎士待在聖殿，我待在王宮，除了以朋友相交，沒有其他的關聯。」

見他明白，我很滿意地點了點頭。

伊力亞道了別，邁步離去。

直到這時，一個人從陰影中走出來，他看著伊力亞離去，又回頭看著我。

審判騎士長正等著我的解釋。

我自動自發開始說：「不需要戰神之子迎娶我國公主，國內很多年輕人早就改投戰神殿的懷抱，信仰不是國家，我們不可能劃清疆界，要求這邊的人民就是得信仰光明神，那邊的人就是得信奉戰神。」

審判點了點頭，理解地說：「你並沒抱著完全把戰神擋在忘響國外的意思。」

「因為那是不可能的事情。」

我直截了當地回答：「正如同月蘭國也有光明信徒，忘響國也一定會有戰神信徒，甚至是渾沌信徒。」

「但是，我無論如何都不能讓戰神之子娶公主！那的確會是場大危機，公主可是年輕男人最嚮往的名詞，更糟糕的是國王現在沒有子嗣，戰神之子和公主的孩子有可能會是繼承人，戰神之子的兒子如果成為忘響國的國王，那對光明神殿來說，將是空前的危機！」

審判又點了點頭，表示了解。

見他懂了，我繼續說：「先不說到下任國王這麼遙遠的事情，總之不能讓戰神之子成為王宮一員，進而影響皇家騎士的信仰，因為皇家騎士一直是年輕人嚮往的目標，皇家騎士們的主流信仰一改變，年輕人往往會跟進，不過相反地，如果他們和戰神殿反目成仇，也會對年輕人的信仰造成很大的影響。」

審判接過我的話繼續說：「伊力亞是皇家騎士中年輕一派的龍頭，而年輕一派才是信仰的關鍵，年紀較大的人通常不會輕易改變信仰，所以你拉牢伊力亞，就等於拉牢整個皇家騎士的信仰，再加上伊力亞將會迎娶公主，在國王尚未有子嗣的情況下，將來他們兩人誕生的孩子甚至有可能是下任國王，由此看來，就算戰神殿在忘響國有分部，也不會動搖到光明神殿的根基。」

審判停了一下，語氣沉重地說：「明明只要和國王與戰神之子私下協調，只要戰神之子不娶公主，就讓他在忘響國建立分部，但你卻硬是弄出一場兩週後的三人決鬥，趁這段時間挑撥皇家騎士和戰神殿的戰士，讓兩者反目成仇，這也就算了。」

「決鬥當天，你甚至故意當場感謝伊力亞救了亞戴爾，讓他們以爲你是因爲伊力亞曾經救過亞戴爾，所以才不惜答應戰神殿可以建立分部，用來交換公主的婚約，如此一來，皇家騎士對你的評價就會更高了。唉！格里西亞你可眞是——」

聽到這些話，我心頭一冷，但隨後卻感覺爆炸般的火氣上升，我用低吼打斷審判的話。

「審判，你的確很了解我，但是不要自作聰明，我眞的很感謝伊力亞拯救亞戴爾，難道你居然懷疑我保護聖騎士兄弟的決心嗎？」

審判仍舊皺緊眉頭。

見到他這種死表情，我更是快要氣炸了，這傢伙居然懷疑我嗎？

「沒錯！我當著眾人的面感謝伊力亞是有目的，但並不是為了讓皇家騎士喜歡我，而是不讓他們懷疑伊力亞與聖殿有什麼勾結！」

「對不起！」

聽到這裡，審判的神色終於變了，他果斷開口道歉：「抱歉，我誤會了，只是你最近用的手段讓我感到有些心寒，所以才會自行往壞的方面推論。」

「我的手段只用在太陽騎士應做的事情上，而且從來沒有讓不該被傷害的人受傷！最近的兩次事件中，除了前任肥豬國王是罪有應得，有誰因為我的計畫被傷害了嗎？」

我氣得連聲音都不禁顫抖起來，說：「在達成任務的途中，我很努力讓所有人都不受到傷害，甚至能得到好結局，而你，最了解我的雷瑟．審判，居然對我感到心寒嗎？」

聞言，審判低下頭思索了一陣子，然後抬起頭來，這一次，他真的滿懷愧疚地看著我，真誠地道歉。

「太陽，你的確完美達成任務，而且沒有傷害到任何不該傷害的人，我真的很抱歉，真的！」

看到他的表情，我氣消了一半，但這可不代表沒事了！

「雷瑟，不是我不原諒你，而是你說的話未免也太過分了吧！」

我表面上拒絕接受這個道歉，固執地說：「鞏固信徒是太陽騎士的首要任務，而我從來沒有忘記身爲太陽騎士，哪些是該做和不該做的事情，我承認自己手段陰險，但那是在不想傷到任何人的情況下，才不得已採取的行爲！」

審判鄭重致歉，許諾：「對不起，我以雷瑟．審判之名對光明神發誓，絕不再犯這種錯誤，絕對不會！」

我慎重地點了點頭接受道歉，順便提出要求：「這樣吧，你之後要無條件答應我十個要求，那我就原諒你。」

「……你還需要我答應你嗎？我什麼時候拒絕過你的要求了？」

「那是因爲我的要求是公事，所以你無法拒絕我，但我偶爾也是有私事想要求你幫忙的呀！」

審判十分疑惑地問：「怎麼爬牆買藍莓派也算公事嗎？」

我一口否認：「那只是拜託，不是要求。」

「原來如此，你還有更過分的私事，用『拜託』的沒有用，所以得用『要求』嗎？」

我「嘿嘿」笑了兩聲，說：「目前是還沒有，不過難保將來不會有，先趁你犯錯的時候要你答應起來比較保險。」

「……三件。」

「成交！」我立刻答應，反正是趁著審判愧疚的時候打劫，有多少是多少了。

審判對我的趁火打劫舉動嘆了口氣，又提出疑問：「至於那位太龍．魔獄該怎麼解決呢？」

「喔！」我微微一笑，說：「你一定對魔獄騎士長的歸來感到十分高興吧？」

審判瞥了我一眼，奇怪地問：「你這又是什麼意思？」

我微笑著解釋：「從你十三歲後，聖殿中就無人敢和你比試劍術，同齡孩子沒有人是你的對手，成人又怕輸給你這個十三歲的小孩，到現在，別說跟你對打，敢與你對看的人都沒有，現在總算有個魔獄騎士長可以和你切磋劍術，難道你不高興嗎？還是說你認為自己在公事繁忙之餘，還有時間跑到鄰國的戰神殿去找戰神之子切磋呢？」

審判沉默不語，神情看起來十分苦惱，低聲說：「但他是個死亡領主，危險性很高！」

我呵呵笑道：「一名死亡領主，身在光明神殿這個對抗不死生物的大本營，到底是我們比較危險，還是他自己比較危險？」

聞言，審判思索了一下，終於點頭同意，無奈地說：「隨你吧，況且我想明白了。」

「他的危險性根本沒有你來得高。」

十二聖騎的共同守則第二條
「尊重其他十二聖騎士的隱私權。」

「這裡是聖殿的大廳，除了宏偉好看，偶爾用來接待重要外賓，平時通常沒什麼用。」

「格里西亞……」

「大廳左右各有一條走廊，左邊是通往聖殿內部，另一條是往光明殿的大廳。」

「格里西亞……」

「最重要的地方到了，這間是你的房間，就在我的房間過去兩間而已，我們中間的那間房是審判騎士長的房間。」

「格里西亞。」

「還有十二聖騎士開會的會議廳就在前方兩條走廊後右轉第三間就是了，這樣說好像不太清楚，走吧，我直接帶你過去看看。」

「格里西亞！」我有點惱怒地低吼。

格里西亞停下腳步，叮嚀：「你應該要叫我太陽，格里西亞等私底下再叫吧！不過，如果你堅持要叫我格里西亞，其實也沒什麼關係——」

我硬是開口打斷他的話，說：「我想，我應該離開了。」

「你在說什麼?你要去哪裡？」格里西亞居然露出一臉不解的神色。

「不去哪裡，只是要離開聖殿。」

我心中非常不安，自己在聖殿待得越久，越有可能被發現死亡騎士的身分！如果因此被消滅掉，那倒是沒有什麼關係，死者本就該永眠，但若是被人發現格里西亞身爲太陽騎士，居然和死亡騎士有所來往，那對他來說，將是非常嚴重的事情！

格里西亞非常驚訝地看著我，反問：「你是魔獄騎士長，不待在聖殿裡，你打算要去哪裡呢？」

我啞口無言好一會兒，才有辦法開口提醒他：「我並不是魔獄騎士，那只是假扮的身分，難道你忘記了嗎？」

格里西亞卻擔憂地看著我，關心地詢問：「魔獄，你是不是因爲天氣太熱而熱暈頭了？怎麼連你自己是魔獄騎士都忘記了？」

我再次啞口無言。格里西亞，他到底想做什麼？

這時，一個聖騎士大呼小叫地跑過來，高喊：「隊長！皇家騎士和戰神殿在街上撞見，結果兩邊一言不合就打起來，現在正打得昏天暗地耶！」

格里西亞的臉一沉，不高興地說：「聖騎士們在做什麼？沒有阻止他們嗎？」

「沒，但是他們有結成保護陣形，保護圍觀的民眾，然後……」

「然後什麼？」

「然後順便在一旁給皇家騎士加油。」

聞言，格里西亞的臉黑了一半，他匆匆跟我說：「你先自己逛一下，我去看一下狀況就回來，你要記住兩件事，第一是不可以離開聖殿，也別去找粉紅，粉紅搬家了。第二，絕對不可以侵犯其他十二聖騎士的隱私，尤其是他們自己的房間。」

「等等……」我看著他和那名聖騎士快步跑開，就這樣把我，一名死亡騎士，拋在光明神殿不管了。

粉紅搬家了?那我該去什麼地方?

不知站在原地多久，許多聖騎士從我身旁走過去，不但開口叫我魔獄騎士長，還恭敬地行禮，讓我不知該怎麼回應才是。

不知所措好一陣子，終於有一個認識的人路過了，但這個人卻是我完全不想遇見的對象。

「審判騎士。」

我警戒地看著對方，照格里西亞平常對他的描述看來，他應該知道我是死亡騎士，而審判騎士和太陽騎士之間照外頭的傳聞似乎不是很友好——雖然格里西亞看起來好像和他交情頗好，真是非常奇怪的事情。

審判騎士卻絲毫沒有戒備我的意思，只是糾正我的稱呼：「是審判騎士『長』，審判騎士是外人用來稱呼我們的封號，不要再搞錯了，魔獄騎士『長』。」

我再次啞口無言，難道他竟沒有揭穿我的意思嗎？就這樣任由一名死亡騎士在聖殿中閒逛？

我看著審判騎士，他似乎也察覺我的疑惑，反問：「你還有什麼問題嗎？」

我反射性地回答：「我不知道該去哪裡。」

審判沉思了一下，建議：「你可以去圖書館，那裡有不少書籍可以讓你明白魔獄騎士的職責，也可以去找暴風騎士長，他忙得天昏地暗，隨時都希望有人可以去幫他，他現在就在自己的房間裡改公文。」

我不知該做何反應，只好說了聲「感謝」。

「對了，魔獄騎士長，你今天晚上可有時間和我對練劍術嗎？」

「有！」我立刻就答應了，審判騎士的劍術非常好，我一直很期待能和他再次對戰。

「很好，那就晚上見。」審判騎士點了點頭，竟然和格里西亞一樣就這麼離開了。

我再次無言以對。但爲了晚上的對練約定，是眞的無法離開聖殿了。

想了一想，這樣一直站在走廊也不是辦法，不如就遵照審判騎士長的建議，去圖書館看看，順便等待晚上的對練。

我順手攔下一個聖騎士詢問，得知圖書館的所在後，直接走過去。

圖書館裡聖騎士不少，許多人注意到我都立刻行禮，我有點不知該不該回禮，畢竟自己真的不是魔獄騎士，最後決定不理會所有打招呼的人，終歸他們打招呼的對象是魔獄騎士，不是我。

我拉開某個書櫃，打算找幾本和魔獄騎士有關的書——

「你在找什麼書嗎？」

我瞬間跳開一大步，驚吼：「是誰？」

「我是白雲騎士。」

一顆頭居然從書櫃中探出來，他的臉色蒼白如紙，一時之間，我分不出他到底是人是鬼——等等！他剛剛是不是說自己是十二聖騎士中的白雲騎士，這怎麼可能!?

「白雲騎士長，可否麻煩拿一些有關十二聖騎士的詩歌集給我？我要給孩子們說故事。」

一名聖騎士笑咪咪地對那顆頭說話。

「好的。」頭縮回書櫃，不一會又伸出來，還加上一隻同樣蒼白的手，上頭正拿著一本書。

「感謝您，白雲騎士長。」

那名聖騎士拿過書後，還好心地對我說：「魔獄騎士長，您想找書的話，不如直接請白雲騎士長幫您拿吧，白雲騎士長非常熟悉每一本書擺放的位置。」

這眞的是白雲騎士？我呆住了。

那顆頭……不，是白雲騎士長和我對看好一會兒，他幽幽地說了句：「站在書櫃前又不找書，眞是個怪人。」說完就再次把頭縮回去，將書櫃門關上。

我再次啞口無言，還以爲格里西亞已經是個很古怪的聖騎士，想不到還有更怪異的！

我當下放棄圖書館，決定去找暴風騎士，雖然覺得自己應該無法幫上任何忙。

「你要幫忙？我眞是太感動了！來，把這些文件通通看過一遍，有問題的句子就畫上紅線，最後用三句話簡單描述整個文件的重點，然後拿來給我，我會大略看過再蓋章，那就算完成了。」

暴風騎士二話不說，丟給我一整疊的公文。

我抱著整疊文件，緊張地說：「絕對不行，我沒有處理過公文，對光明神殿也不熟悉，根本不知道該怎麼做。」

「別擔心，第一次都是這樣的，不用緊張，公文看著看著就完成了。」暴風騎士安慰地說：「我會再看過一遍的——如果有時間的話。」

結果一直看到傍晚，我才終於把那些公文看完，趕緊還給暴風騎士長，希望這能讓他有足夠時間再看一遍。

「你做得眞是太好了！」

暴風騎士跟我說話，手上還拿著一枚圖章，連低頭看一眼都沒有，就把文件通通蓋章。

「你明早有事情要做嗎？沒有啊？那就再過來拿公文去看吧？好嗎？沒問題吧？那就這麼說定了喔，魔獄騎士長。」

其實，我根本就沒有答應，甚至沒有開口說話，但莫名其妙就已經約定好了，看來，自己必須待到明天早上幫忙批改完公文才能離開。

「對了，順便幫我把這個拿去給寒冰騎士長，謝謝了。」

暴風騎士給了我一些怎麼看都像是蛋糕盤子和叉子的東西。

我只好去敲寒冰騎士的房間。

「等。」

寒冰騎士接過盤子後，只說了一個字就關上門。

我依言站在原地等候。

門再次打開時，他拿出兩包聞起來就是裝滿甜點的袋子，簡單說明：「這袋是你的，那袋給太陽。」

「……謝謝。」我想，兩包都給格里西亞吧。

「吃一片。」

寒冰騎士長突然開口要求，雙眼直盯著我，我只好依言吃下一片，這實在是非常浪費的事情，死亡騎士並不需要食物。

「不甜？甜？太甜？」

我啞口無言，身爲死亡騎士，自己的舌頭大多只是用來說話而已。

「我的味覺不好，吃不太出來食物的味道。」

寒冰騎士長突然從懷中拿出筆記本，一邊寫一邊喃喃：「魔獄，超級重口味。」

「……？」

寫完筆記後，他又抬起頭來問：「去哪？」

我也很疑惑自己該去哪裡，只好回答：「到處走走。」

寒冰點了點頭，問：「幫忙？」

「好。」

接下來，我拿著一大堆裝滿甜點的袋子，到處尋找十二聖騎士，第一站就是回剛剛的書櫃找白雲騎士長。

「謝謝，這個給你看。」白雲從書櫃探出頭來，伸手接過袋子，順便拿出幾本書給我。

我看了一下書名是《魔獄騎士列傳》和《魔獄騎士職責手冊》。

「謝謝。」

♣♣♣

烈火騎士長瞪著我看了老半天，低聲嘟噥：「明明太陽就是太龍，怎麼又多出一個太龍，那到底太陽是真的，還是太龍是假的……」

最後，他伸手接過袋子，爽朗地說：「搞不懂就算啦！反正都有個太字嘛！就當作太陽會分身術好啦！」

我完全無法理解他在說什麼。

♣♣♣

大地騎士長出來應門的時候，拚命用身體遮住房內的景象，似乎房內有什麼東西不能讓人看到。

「我、我的房間很亂。」大地騎士長靦腆地笑了笑。

我點了點頭，表示了解，然後把袋子遞給他。

「大地～～你到底好了沒有嘛！」

大地看著我，非常無辜地傻笑，結結巴巴地說：「呵呵，魔、魔獄你聽錯了吧！根本沒有什麼女孩子的聲音從我房間傳、傳出來啊。」

「……」我什麼都沒有說。

♣♣♣

綠葉騎士長笑容滿面地開了門，也沒有用身體遮掩房間，可以清楚看到他的房間非常整齊清爽，十分符合一名騎士該有的風範，我感到鬆了一口氣，十二聖騎士還是有正常人。

「眞是謝謝你了，魔獄騎士長。」綠葉騎士長從我手上接過袋子並笑著道謝。

這時，我才注意到他手上拿著一個小型稻草人，這種東西不是應該做得和眞人一樣大，擺在田中，讓鳥類以爲田中有人，所以不敢來啄食農作物嗎？

綠葉騎士長看我盯著稻草人，他立刻笑咪咪地解說：「這個很好用喔！只要把它固定在牆上，然後拿起鐵鎚，用力地把釘子往它身上釘，就可以讓人心情變好喔！」

我聽過這個用法，在鄉野傳聞中，女巫詛咒人就是這樣的做法。

綠葉騎士長十分好心地指導：「對了，如果在稻草人裡頭加上一根別人的頭髮，效果就會加倍呢！如果是加入指甲就更好了喔！」

我小心翼翼地沒掉半根頭髮和指甲，與綠葉騎士長道了別。

♣♣♣

晚上，一見到審判騎士，還沒開始比劍術，我就忍不住先搖頭嘆氣地說：「爲什麼每一個十二聖騎士都這麼古怪呢？」

審判騎士看著我，神色有些詭異，我無法理解他爲何用這種眼神看著我。

他緩緩地開口說：「是的，大家或多或少都有些古怪的地方，但是，我們都很尊重其他十二聖騎士的隱私權，只要有盡到十二聖騎士各自的職責，就算是一具到處亂走的屍體，我們也同樣尊重他。」

「……」

原來，最怪異的十二聖騎士竟是我嗎？

《吾命騎士 vol.2 騎士每日例行任務》完

# 後記

這次的楔子和共同守則比較特別，前者是從亞戴爾的角度來切入，後者則是羅蘭的視角。

因爲《吾命騎士》是第一人稱的關係，很多情節並不太好切入，所以在最前面的楔子和最後的番外篇，也就是共同守則的部分，有時會採用其他角色視角或者第三人稱來寫文，補足一些其他視角，讓劇情看起來更豐富些。

但中間正文的部分都會是格里西亞第一人稱。

這是在第一人稱書籍中，我還滿常採用的方式。

因第一人稱故事雖有趣，但在展開劇情方面終究不如第三人稱來得方便，所以利用番外篇等等來補足劇情，或者補充他人視角，希望大家會滿意這樣的故事描述方式了，如果有什麼建議也可以來臉書留言喔。

# 原始後記

後記真是一種奇妙的東西，

尤其當每本都要寫的時候，

到底我可以寫些什麼東西？

其實想法都藏在故事裡頭，

不知後記要寫南北還東西？

只好在這邊開口唬爛幾句，

大家打我就好不要丟東西！

咳！要是真的只擺那幾句，大家真的會丟東西吧？

請住手，最近油價飆漲，物價上漲，菜價更是亂漲，不只啥米碗糕都很貴，連碗糕都真的變貴啦，所以，千萬不要亂丟東西，打我就好了啊！

現在就進入真正的重點吧！

其實第一集算是個開端，而第一集加上第二集就是基本介紹篇，一方面帶出死亡騎士羅蘭加入十二聖騎士的原因，另一方面也提到戰神殿，還有一點點的渾沌神殿，然後又順便把所有十二聖騎通通簡單介紹過一遍，至此，總算把整個架構完整交代一遍了。

接下來，就是太陽騎士生涯中的重要任務了，同樣的，一篇任務是一本故事，相信大家在看過第一集的序後，都可以知道任務大約有哪些。

但是，請相信我，事情就像是太陽騎士的形象和眞面目一樣地表裡不一啊！相信大家在看完之後，會對拯救公主、屠龍，打倒大魔王等等奇幻主題，有更深刻的了解！

本集也寫到羅蘭．魔獄加入十二聖騎士的過程——什麼？你說羅蘭不是魔獄騎士？

是不是天氣太熱導致中暑，大家怎麼連羅蘭是魔獄騎士都忘了呢？

咳咳！好了，不開玩笑了，從本集開始，羅蘭就是確確實實的魔獄騎士了。

這一切都是光明神的旨意，讓他半路出家……喔不！是半路加入十二聖騎士，到這集，十二聖騎士才算是眞的湊齊了，可以開始展開各種歪離正常軌道的傳說。

其實「傳說的眞相」一直是我很喜歡的靈感來源，首先歪了騎士，再來歪了英雄，接下來呢？接下來要被歪的是什麼，我自己都不知道，就請大家跟我繼續歪下去了。

御我

The Legend of Sun Knight

# 吾命騎士 vol. 3

## 下集預告

聖騎士作爲騎士的分支，
職業生涯如果沒拯救任何一名公主，那還算騎士嗎？
身爲聖騎士楷模，太陽騎士現在就出發拯救——
不對，是參加戰神之子和公主的婚禮。
然而公主理所當然地被擄走了。
拯救公主之旅，啓程！
那個，別忘記帶上綠葉騎士，旅途的伙食就靠他了。

獨家加碼：第十任太陽騎士祕辛！作爲差點成爲唯一在任內陣亡的
太陽騎士，背後隱藏的眞相究竟是什麼？
通通都在吾命騎士第三集！

**~2024 敬請期待！~**

國家圖書館出版品預行編目資料

吾命騎士. 2, 騎士每日例行任務／御我 著.——
初版.——台北市：魔豆文化有限公司出版：
蓋亞文化有限公司發行，2024.02
面；公分.——（Fresh；FS222）
ISBN 978-626-98204-2-9（第二冊：平裝）

863.57 112021894

# 吾命騎士 vol. 2

作　　者　御我
插　　畫　J.U.
封面設計　莊謹銘
責任編輯　林珮緹
總 編 輯　沈育如
發 行 人　陳常智
出 版 社　魔豆文化有限公司
發　　行　蓋亞文化有限公司
地址：台北市103承德路二段75巷35號1樓
電話：02-2558-5438　傳真：02-2558-5439
電子信箱：gaea@gaeabooks.com.tw
投稿信箱：editor@gaeabooks.com.tw
郵撥帳號 19769541　戶名：蓋亞文化有限公司
法律顧問　宇達經貿法律事務所
總 經 銷　聯合發行股份有限公司
地址：新北市新店區寶橋路二三五巷六弄六號二樓
電話：02-2917-8022　傳真：02-2915-6275
港澳地區　一代匯集
地址：九龍旺角塘尾道64號龍駒企業大廈10樓B&D室
電話：+852-2783-8102　傳真：+852-2396-0050
初版一刷　2024年 2月
定　　價　新台幣 290 元
Published and printed in Taiwan

ISBN 978-626-98204-2-9

FS222

# 吾命騎士 vol. 2

## 魔豆文化　讀者迴響

感謝您在茫茫書海中選擇了魔豆，您的支持是我們最大的動力。
不要缺席喔，讓我們一起乘著夢想的羽翼，穿越時空遨遊天地！

| |
|---|
| 姓名：　　性別：□男□女　　出生日期：　年　月　日 |
| 聯絡電話：　　手機： |
| 學歷：□小學□國中□高中□大學□研究所　　職業： |
| E-mail：　　（請正確填寫） |
| 通訊地址：□□□ |
| 本書購自：　　縣市　　書店 |
| 何處得知本書消息：□逛書店□親友推薦□DM廣告□網路□雜誌報導 |
| 是否購買過魔豆其他書籍：□是，書名：　　□否，首次購買 |
| 購買本書的動機是：□封面很吸引人□書名取得很讚□喜歡作者□價格便宜□其他 |
| 是否參加過魔豆所舉辦的活動：<br>□有，參加過　　場　　□無，因爲 |
| 喜歡出版社製作什麼樣的贈品：<br>□書卡□文具用品□衣服□作者簽名□海報□無所謂□其他： |
| 您對本書的意見：<br>◎內容／□滿意□尙可□待改進　　◎編輯／□滿意□尙可□待改進<br>◎封面設計／□滿意□尙可□待改進　　◎定價／□滿意□尙可□待改進 |
| 推薦好友，讓他們一起分享出版訊息，享有購書優惠<br>1.姓名：　　e-mail：<br>2.姓名：　　e-mail： |
| 其他建議： |

| 廣告回信　郵資免付 |
| --- |
| 台北郵局登記證 |
| 台北廣字第00675號 |

TO：魔豆文化有限公司　收

103 台北市承德路二段75巷35號1樓

魔豆

魔豆